*La revanche
de la page blanche*

Du même auteur

Ce soir, j'ai donné quelques pièces à un mendiant,
Paris, BoD - Books on Demand, 2016

Jean Pierre Desgagné

*La revanche
de la page blanche*

Manuscrit déposé à la SARTEC numéro 34576 le 28/07/2021

© *2021 Jean Pierre Desgagné*

Édition : BoD – Books on Demand,
12/14 rond-point des Champs-Élysées, 75008 Paris
Impression : BoD - Books on Demand, Norderstedt, Allemagne
ISBN : 9782322381517
Dépôt légal : Octobre **2021**

*À la douce mémoire de Micheline, muse
qui n'était plus une petite fille,
aujourd'hui disparue*

*Merci à mes précieuses muses
et autres sources d'inspirations...*

Avertissement

Les histoires de ce livre ne sont que de la pure fiction. Certaines sont saupoudrées de quelques faits réels qui n'ont, parfois, aucune relation avec les personnages de l'histoire qui les héberge. Toute ressemblance avec des personnes réelles ne pourrait sûrement être que le fruit de l'imagination débordante du lecteur. Seule ma créativité me servait de guide.

UN SOURIRE EN CAVALE (suite et fin)

Dans quelques jours, je vais célébrer un événement important. Ça va faire 5 ans que j'ai vécu ma merveilleuse libération. Qui suis-je? Un sourire exceptionnel. Je vous ai déjà raconté l'histoire de ma spectaculaire évasion de la bouche d'un grippe-sou, qui ne souriait jamais. Ensuite, j'ai changé la vie d'une petite fille en passant quelques mois dans sa bouche, pour finalement m'insérer, avec sa complicité, dans celle d'une vieille dame, écrasée sous le poids de la solitude. Si vous pensez que cette histoire est bizarre, attendez que je vous raconte la suite.

J'ai vécu heureux avec cette dame. Nous faisions une belle équipe et partagions ce nouveau bonheur. Tout semblait pour le mieux. Mais un jour, j'ai réalisé que ma nouvelle demeure se trouvait dans la bouche d'une vieille dame qui n'était pas immortelle. Je la voyais changer petit à petit. Un gentil monsieur lui a annoncé que sa vie serait bouleversée, par un certain Alzheimer et que ce méchant monsieur viendrait lui effacer la mémoire et la projeter tout doucement dans la mort. Le malheur me frapperait-il à nouveau?

Il faut maintenant que je vous dévoile quelques secrets. Je ne peux cependant pas tout vous dire, vous comprendrez que mes pouvoirs sont parfois limités. Ces révélations vous aideront à mieux comprendre certaines choses. Vous pensez que les sourires ne sont que des dents qui prennent l'air sur le visage des personnes. Il n'en est rien. Il ne faut surtout pas confondre dents et sourire. Les dents sont le support, alors que le sourire en est l'âme. Il faut aussi être réaliste et garder l'échelle. Nous ne sommes pas aussi grandes et importantes que les âmes des gens, mais, quand même, nous avons un rôle important à jouer. Nous avons certains pouvoirs qui sont parfois notables, mais généralement assez limités. Nous pouvons réaliser certaines choses par nous-mêmes, mais pour d'autres, il nous faut l'aide du boss. Je sens que vous voulez savoir qui est ce boss. Dommage, ça fait partie des informations que je ne peux révéler sous peine de terribles sanctions.

Donc, comme sa fin semble approcher, je vais devoir me trouver une autre demeure. Lorsque le départ se fait en raison de la mort, la prochaine destination est hors de notre contrôle. C'est ainsi que, malgré moi, je m'étais jadis retrouvé dans cette bouche, qui allait devenir celle du vieux grippe-sou. Vous en savez maintenant assez pour comprendre la suite de l'histoire.

Remontons maintenant le fil du temps. Depuis le début, la vieille dame et moi vivions des jours heureux. Avec le temps, l'énorme effet de son nouveau sourire s'est apaisé. Les jours des voisins de la résidence étaient souvent monotones, parfois agrémentés par de rares visites d'amis et membres pourtant plus jeunes de la famille. Les vieux perdent la mémoire, mais curieusement, certains de leurs proches aussi. Il y a heureusement de rares exceptions. C'est le moment de vous parler de Manon. Il y a des rencontres futiles alors que d'autres sont remarquables. Ce qui est le cas avec Manon. Elle venait régulièrement s'occuper de sa mère. Du moins de ce qui restait de sa mère, dans cette enveloppe maintenant privée de presque tous ses souvenirs. Il y a longtemps qu'elle ne la reconnaissait plus, sauf quelques brèves occasions, mais Manon avait une fidélité remarquable. À chaque fois, son entrée provoquait un déplacement de foule, tellement elle avait su toucher le cœur des gens par sa grande gentillesse. Elle se faisait un devoir de saupoudrer ici et là, un compliment à cette dame du deuxième, un bonjour à la nouvelle préposée, un sourire à monsieur Paul. Elle était maintenant la petite princesse de presque toute la petite communauté de la résidence. Elle était aussi ma princesse. Je me souviens de notre première rencontre. Je sais que vous ne me croirez probablement pas, mais si vous ouvrez votre esprit, et que vous sortez de la poussière votre cœur d'enfant, peut-être verrez-vous que, même incroyable, elle est merveilleuse. Donc, par une journée plutôt grise de décembre, ma vieille dame broyait un peu de noir. C'est alors que Manon, ayant remarqué ses yeux songeurs, fit irruption dans la chambre. C'était comme si le soleil s'était soudainement levé dans la pièce. La cause étant ce magnifique sourire qu'elle portait avec tant d'élégance, de classe et surtout d'humilité. J'en fus ébloui, et même un peu jaloux, car il semblait plus radieux que moi. Manon dégageait une telle bonté et une telle sérénité, que j'ai immédiatement compris la raison de toute l'affection, qu'elle recevait.

   Tout à coup, les paroles et les bruits ambiants s'estompent, pour faire place à la petite voix de son sourire. Il me demande si je le reconnais. J'ai beau fouiller dans les profondeurs de toutes mes demeures antérieures, rien. Aucun souvenir de ce sourire. Pourtant, un tel sourire aurait dû laisser des traces indélébiles. Je pensais le décevoir, en admettant ma déconfiture de ne pas le reconnaître, mais il n'en fut rien. Il mit fin à mes souffrances en avouant qu'il m'avait piégé. Il me connaissait très bien, et il savait que je le connaissais aussi très bien, mais qu'une expérience antérieure avait effacé de ma mémoire ce qui s'était passé.

Juste avant de me retrouver dans la bouche du vieux grippe-sou, lui et moi ne faisions qu'un. Nous étions qu'un seul et même sourire. Nous avons été séparés parce qu'il n'y avait pas qu'un seul bébé à naître, mais des jumeaux. Chacun héritant d'une part du sourire. Il faut un temps minimum dans un corps pour se graver des souvenirs. Ton apparente amnésie vient donc de la mort du jumeau, dans les minutes suivant sa naissance. Moi, je m'en souviens parce qu'elle a survécu. Nous sommes comme des frères séparés à la naissance. Frères? Sœurs? J'ai oublié de vous dire que les sourires sont asexués, donc les appellations de genre sont interchangeables.

Imaginez ma joie de découvrir cette belle histoire. Il me révèle aussi que c'est un secret et que peu de personnes connaissent l'existence de ce jumeau. Manon elle-même ne fait pas partie de ces privilégiés.

Il me révèle aussi qu'il y existe une faible, mais réelle, possibilité d'être réunis à nouveau. Mais c'est hors de notre contrôle. Comme ça fait partie de nos limites, il faut l'aval du boss pour que ça se produise. Nous décidons donc de déposer une demande officielle, commune, pour avoir plus de poids. Le processus est assez compliqué, alors je vais laisser faire les détails. Nous avons reçu confirmation que notre demande est à l'étude et qu'une décision sera prise sous peu.

La vie a continué son cours, Manon venant fidèlement nous rendre visite. Je dégustais goulûment chacune de ses rencontres avec joie. Les jours heureux étaient revenus, au moins pour moi.

Après ce qui semblait une éternité ou deux, nous avons reçu la bonne nouvelle. La réunion sera possible pour me récompenser des souffrances passées dans la bouche ingrate. Une seule condition retardera la réalisation de notre vœu. Il faut attendre le décès de ma vieille dame. Aussi vif soit mon désir de réunion, je ne veux surtout pas souhaiter la mort de ma vieille compagne des dernières années. Je constate cependant que sa santé se dégrade rapidement.

Quelques mois plus tard, elle se retrouve aux soins palliatifs. La fin approche. Malgré sa frêle enveloppe, elle résiste à la mort. Je réalise à plusieurs reprises que le moment est venu, mais à chaque fois sa nature combattante la fait gagner, et repousser la fin. Pourquoi tant se battre pour une vie somme toute misérable? La nature humaine est remplie de tant de mystères?

Je vais maintenant céder la parole à Manon, qui va vous raconter l'histoire de la manière dont elle l'a vécue...

... Ce matin-là, elle se réveille avec une sensation bizarre. Mais, est-elle bien réveillée, ou est-ce encore ces drôles de rêves qui accompagnent ses nuits depuis quelque temps. Elle qui affiche un sourire presque perpétuel au visage, malgré les épreuves qui la frappent, ne peut s'empêcher de sentir sa bouche prendre naturellement sa forme caractéristique de sourire, mais avec une ardeur inégalée. Elle ne peut encore le voir, en raison de la noirceur de la pièce, mais quelque chose s'est réellement produit. Elle le sent. Elle n'est plus tout à fait la même. Son sourire n'est plus le même.

Le dernier rêve était sûrement le plus dérangeant et tout bonnement fantaisiste. Ce qu'il en persiste dans ses souvenirs est totalement invraisemblable. Dans ce rêve, elle a reçu la visite d'une entité, qui s'est présentée comme étant l'âme de son sourire. Une histoire abracadabrante sur la logistique selon laquelle, les âmes de sourires se promènent d'une bouche à l'autre selon certaines règles. Que l'âme de mon sourire a été fractionnée avant ma naissance, parce que je faisais partie d'une paire de jumeaux à naître. Que mon jumeau n'avait pas survécu longtemps, que l'âme de son sourire s'est retrouvée dans différents corps depuis. Que par un curieux hasard, il était maintenant dans le corps d'une personne tout près. Et que finalement les deux âmes sont sur le point d'être réunies, lorsque ce corps aurait terminé son passage sur terre. Ouf! Il y a vraiment là matière à être secouée. Mais qui est donc cette personne?

Après trois jours fort occupés, accompagnés de ce sourire renouvelé, voici venu le temps de la visite à sa mère. Elle se sent tellement coupable de l'avoir abandonné, même si ce n'est que trois jours. Son propre rôle de mère l'a tenue involontairement éloignée.

À son arrivée à la résidence, elle remarque la sombre mine de certains employés. Une rapide investigation lui fait découvrir avec consternation que sa gentille amie au sourire si intense et chaleureux est décédée dans son sommeil, trois jours plus tôt. Cette même nuit où est apparu ce sourire augmenté. La culpabilité lui saute dessus. Comment, sans le savoir, était-elle devenue si méchante, pour se réjouir de la perte d'une si bonne amie? C'était vraiment contre sa nature. Elle ne pouvait se pardonner d'avoir agi ainsi.

Elle se rappela ce bizarre rêve d'âme de sourire et de réunification qu'elle a fait cette même nuit de la perte de son amie. Cette histoire tellement invraisemblable qu'elle n'ose même pas imaginer la raconter, de peur de devenir la risée de tout son entourage. Le rêve et le sourire transformé en même temps. C'est vraiment trop gros pour n'être qu'une coïncidence. Mais, si cette partie s'est avérée, qu'en est-il de cette histoire de jumeau?

Une semaine plus tard, profitant d'une rare période de lucidité de sa mère, elle fait une timide tentative de partager cette interrogation, elle fait glisser subtilement dans la conversation, qu'elle avait dernièrement rêvé qu'à sa naissance, elle aurait eu un frère jumeau. Elle s'attendait à un grand rire devant l'énormité de cette histoire. La réaction fut la stupéfaction. Sa mère, solide habituellement, réclamait d'urgence, une chaise pour soutenir ses jambes, qui ne pouvaient soudainement plus la porter. Des larmes ont commencé à couler sur ses joues. Décelant quelque chose d'extraordinaire se pointer à l'horizon, Manon avait discrètement déclenché l'enregistrement vidéo de son téléphone portable. Après tout, ça pourrait être la dernière fois qu'elle aura l'occasion de dialoguer avec cette mère à mémoire intermittente.

Sa mère pouvait enfin profiter du prétexte de ce rêve, sans aucun doute prémonitoire, pour se libérer de ce lourd secret qui l'a hanté de temps à autre depuis quelques années. Ce n'était pas qu'un rêve. C'était la triste réalité. Tu as vraiment eu un frère jumeau, un frère aîné, d'à peine une quinzaine de minutes, qui est effectivement mort dans l'heure suivant ta naissance. L'immense joie de ce couple de jeunes mariés, de voir venir au monde ces jumeaux, pour commencer leur famille, s'est rapidement transformée en cauchemar. Mon cerveau refusant d'accepter ce verdict, j'ai décidé de camoufler ce décès. J'ai fait jurer à ton père de ne jamais révéler l'existence, si brève, de ce jumeau. Il a toujours respecté sa parole. Tes frères et tes sœurs ont ensuite complété notre famille. Mon cerveau, jouant bien son rôle, a complètement occulté ce douloureux événement, pour la majeure partie de ma vie. À l'aube de la vieillesse, il semble avoir ramolli, il m'arrivait dorénavant des flashs de cet enfant mort-né. Seulement de brefs flashs, jusqu'à l'arrivée de ta fille, ma petite-fille. Je revoyais sans cesse ce fils dérobé, lorsque j'admirais ta fille. Avec cette mémoire ravivée, je me rendais compte qu'elle lui ressemblait tellement. C'est en partie pour cette raison que je l'aime tant. Je t'ai aimé pour deux. Pour toi, mais aussi pour ton frère jumeau. Tu m'as aidé à épancher cette soif d'amour perdu.

Voici venu le temps de me libérer la conscience et de partager ce secret. Tu pourras le révéler afin que ce fils naisse à nouveau et que cette fois, il vive dans la mémoire familiale collective.

Ce fut malheureusement sa dernière période de lucidité. J'avais hâte de vérifier si mon portable avait bien enregistré ces aveux. Soupir de soulagement, tout y était. Voici un élément d'archives sans prix. Je profiterai de la prochaine réunion de famille pour partager ce moment historique avec tous mes proches.

Il était bien évident que cette révélation, avec son effet monstre, a occulté le dévoilement de la suite de mon rêve, qui s'est retrouvé aux oubliettes. Ce rêve ayant provoqué assez de remous, même si la suite des événements en était plutôt heureuse. Je n'osais imaginer d'éventuelles conséquences, et je voulais surtout éviter des questionnements, évidemment légitimes, sur ma santé mentale.

Lorsque Manon repense à tout ça, elle se dit que, finalement, le mieux à faire de toute cette histoire de rêve de fou, c'est de la garder dans sa tête et, d'en rire... ou plutôt de sourire et secrètement... « en double ».

P.-S. Moi, le sourire, j'ai pris des forces dans la réunification avec mon autre entité. La vie ne peut être plus belle pour moi, pour nous. Ceux qui en bénéficieront seront : Manon la première, mais aussi toutes les personnes qui auront la chance de la côtoyer, parce qu'elle se fait un devoir et, surtout un plaisir de nous exposer généreusement à la moindre occasion. Si vous tentez de raconter cette histoire, vous provoquerez des questionnements sur votre santé mentale. Alors, vaut mieux faire partie du club secret de ceux qui savent et qui y croient. Je ne sais pas encore ce que l'avenir me réservera dans une autre vie, mais pour l'instant, je ne veux penser qu'au moment présent.

Novembre 2015

TONY LA PUCE AU CŒUR D'OR

Je suis un grand-père assez ordinaire ayant la chance d'avoir un petit-fils de 4 ans. Comme je demeure tout près de chez mon fils, j'ai accès au petit Samuel presque tous les jours. J'adore sa compagnie. Mon rôle de grand-père est formidable, mais je me rends bien compte que, n'étant plus de la première jeunesse, la tornade qu'est mon petit-fils m'essouffle de plus en plus. Même mon fidèle compagnon canin n'arrive plus à tenir le rythme. En plus d'être les meilleurs amis, nous sommes frères dans la souffrance.

Comme tous les enfants de son âge, il aime qu'on lui raconte des histoires. Pour une raison inconnue, il semble trouver que les histoires de grand-père sont les plus intéressantes. Notre complicité s'est vite installée. Au début, je faisais comme tout le monde et je lui lisais les histoires que l'on retrouve dans les livres pour enfants. Presque tous les classiques y sont passés, et à plusieurs reprises. Il ne semblait pas se lasser de les entendre encore et encore *ad nauseam*, jusqu'à ce triste jour de pluie. Ça doit faire un peu plus de deux ans. Je me préparais à lui lire l'une de ses histoires préférées.

Il se lève, me regarde, et d'un air solennel me tient ce discours :

« *Grand-père, c'est terminé ces histoires de bébés. Je suis assez grand maintenant pour me rendre compte que les histoires que tu lis dans les livres ne sont pas de vraies histoires. Je veux dorénavant de vraies histoires. Comme tu es très vieux, au cours de toutes ces années, tu dois avoir vécu des tonnes d'histoires ou du moins, tu dois avoir rencontré des millions de personnes qui ont vécu des milliers d'histoires. Je veux entendre de vraies histoires, en commençant par les plus extraordinaires.* »

Là, je suis estomaqué. Qui a bien pu lui mettre de pareilles idées dans la tête? Je dois avouer qu'il m'a vraiment pris de court. Vite! Je dois me sortir de ce piège. Après tout, les jeunes de cet âge ont tendance à changer d'idée rapidement. Je pourrais simplement attendre que cela se produise. Dans un éclair de génie, je lui réponds qu'effectivement, j'ai des milliers d'histoires. Cependant, je dois réfléchir pendant un certain temps pour les réviser et lui choisir les plus intéressantes. En attendant, je dois lui lire encore une histoire de bébés. Promptement, je dois penser et me rappeler son histoire préférée, afin qu'il oublie rapidement cette nouvelle lubie. Je choisis celle que je crois la meilleure. Ça fonctionne, il semble l'aimer à nouveau. Il s'endort. Ouf! Je l'ai échappé belle.

Ce soir-là, je me suis endormi en pensant qu'effectivement, je devrais peut-être commencer à chercher de bonnes histoires à raconter, quitte à en inventer, tout comme j'aimais le faire étant plus jeune. Mais, il y a si longtemps que j'ai dompté mon cerveau à mettre de côté ce genre d'images et de scénarios assez farfelus. Était-ce des séquelles de ces quelques expériences avec les drogues hallucinatoires des années hippies? Ces pensées étaient tellement incompatibles avec mon austère vie rangée de comptable, pas trop rigolote. Me serait-il même possible de déverrouiller cette petite porte qui mène à la partie créative de mon cerveau? Le sommeil me gagna avant même que je trouve la réponse.

Le lendemain, j'ai décidé de mettre de côté la demande de Samuel, car je m'étais convaincu qu'il l'aurait sûrement oubliée. Le soir venu, hélas, je me suis vite rendu compte que sa requête de la veille était plus vivante que jamais. À nouveau, je me suis facilement tiré de mon pétrin avec l'excuse servie le soir précédent. Ayant tellement de choses à raconter, je devais mettre de l'ordre dans toutes mes histoires et cela prendrait un certain temps. Je devais choisir celle qui aurait un pouvoir presque magique pour l'intéresser. Malheureusement, toutes ces années de comptabilité ont enfermé mon imagination débordante.

Le soir venu, lorsqu'il me demanda encore de lui raconter une histoire, j'eus l'idée, tellement saugrenue, de lui raconter cette terrible histoire, tristement ennuyeuse. « Mon cher Samuel, je vais te raconter l'histoire d'une vérification comptable que j'ai faite dans mes débuts. C'était dans un restaurant italien spécialiste de la pizza. C'était tellement agréable de faire mon travail parmi ces gens aux larges sourires, au milieu de toutes ces odeurs divines qui provenaient de la cuisine. Je m'amusais tellement lors de la vérification des livres comptables, en vérifiant la validité des dépenses, des revenus et autres savoureux éléments. » Après trente minutes de souffrance évidente, son regard me suppliait de mettre fin à son calvaire. J'ai donc abrégé et lui ai souhaité bonne nuit.

Le lendemain soir, j'ai reçu un grand coup de couteau directement dans le cœur. Au lieu de sa demande usuelle de lui raconter une autre histoire, il s'est assis, avec un air tellement triste, un livre de contes à la main me demandant de le lui lire. Il était maintenant très clair que j'avais misérablement failli à la tâche. Il ne voulait surtout pas répéter l'expérience d'endurer mes histoires sûrement encore nulles. Le cœur meurtri, j'ouvris le livre et m'exécutai.

Après cette malheureuse expérience, j'ai décidé que mon petit-fils méritait mieux. J'ai donc fouillé dans ma petite tête pour retrouver ce petit tiroir, fermé depuis trop longtemps, et pour laisser sortir toutes les folies qui y habitaient.

La nuit fut mouvementée en raison de la visite d'incroyables aventures sorties du coffre-fort de ma mémoire.

Après le souper, au cours de la ballade avec mon chien, nous faisons notre halte quotidienne pour visiter Samuel.

Je savoure chaque instant de cette soirée tranquille. Je l'ai bien méritée, cette petite récompense, après une journée plutôt chargée, ayant le cœur encore lourd de la peine causée à Samuel hier.

Sur mes genoux, il semble avoir fait son deuil de mes histoires moches. Je regarde mon fidèle compagnon couché près de nous. Son âge commence à paraître de plus en plus. Ce soir cependant, il semble plus amoché que jamais. Il ne bouge presque plus. Il m'inquiète.

Soudainement, mû par une force mystérieuse, il commence un combat avec une vieille adversaire. Même si celle-ci est minuscule, elle a le tour de le rendre fou par ses piqûres. On dirait que les traitements contre les *Ctenocephalides canis* perdent de leur efficacité. Ces satanées puces sont de retour.

Il a peut-être l'impression que je me moque de sa souffrance, lorsqu'il découvre un grand sourire soudainement apparu sur mon visage, mais c'est plutôt Samuel « la tornade » qui est dans mes pensées. On dirait qu'un immense feu d'artifice vient d'éclater dans ma tête, libérant mon imagination débridée, endormie depuis si longtemps. Samuel semble aussi intrigué par ce sourire spécial.

Et c'est là que je commence le premier chapitre de cette saga.

Avec mon air sérieux de comptable, je demande à Samuel s'il sait pourquoi le chien se mord et se gratte autant? Il me répond avec son petit air hautain : « bien oui grand-père, ce sont de vilaines puces qui l'attaquent. » Je lui demande s'il sait garder un secret. Je vois que ses yeux viennent de changer. Une petite étincelle s'y pointe. Devant son engagement à garder notre secret, je déballe le tout.

Comme dans le monde des humains, il y a de vilaines, mais aussi de bonnes puces. Tu serais surpris de constater toute la richesse que contient ce petit monde. Cependant, tu es trop jeune pour pouvoir y avoir accès. Seuls les grands-pères ont le privilège d'accéder à leurs aventures. Il me fait son adorable moue d'incrédule. Dans le monde des puces, qui est tellement petit, on ne peut imaginer tout ce qu'il contient. C'est certain qu'il ne peut pas être aussi varié et grandiose que celui des humains, mais il y existe bien quelques similitudes. Il n'y a pas de médecins, de psychologues ni de grands chefs cuisiniers, toutefois, il y a des soldats, des explorateurs et d'autres métiers. Il y a même des entraîneurs pour les puces qui ont trop d'énergie et qui veulent faire certains sports. Non Samuel, il n'y a pas de course automobile, de hockey, de baseball ni de football. Néanmoins, il y a certaines disciplines de l'athlétisme comme des courses et des sauts ainsi que des sports de combat, l'un des plus populaires étant un dérivé de judo. Les puces, elles connaissent ça, les combats. Juste à voir le comportement du chien face à ses minuscules adversaires, c'est évident qu'il se passe quelque chose dans cette arène canine. Tu n'as probablement jamais entendu parler d'un certain Rodger. Il est un entraîneur, et un très bon. Il a l'œil pour repérer les puces talentueuses pouvant faire un bon bout de chemin dans son sport qu'est le judo. Il a même découvert plusieurs futurs champions. Sous ses bons conseils, ils ont gravi les étapes vers les hautes sphères de leur sport. C'est même lui qui a découvert le petit Tony. Tout un numéro que ce petit Tony, qui vit avec sa famille sur un vieux chien pas trop sportif. (Je garderai sous silence que c'est de mon pauvre vieux chien dont il est question.) Tony était doté d'une énergie à rendre fou le plus résistant des chiens. Il sautait dans tous les sens, mais sans réel contrôle. Il était voisin de Rodger, qui n'a pas mis longtemps à déceler l'extraordinaire potentiel de ce jeune. Le premier contact entre les deux fut magique et un formidable partenariat venait de voir le jour. Les rêves les plus fous les attendaient.

J'ai fait une petite pause pour contempler le visage de Samuel, j'avais retrouvé mon rôle de héros. Il m'a demandé ce qui arrivait par la suite. Y avait-il vraiment une suite? J'avais capté son imagination. Malheureusement, le temps avait passé très vite et il était maintenant l'heure du dodo. J'ai dû lui promettre de continuer le récit le lendemain. Je pense que c'est moi qui ai le plus bénéficié de cette soudaine renaissance de mon imagination débridée. Je me sentais revivre et rajeunir. La nuit suivante fut tellement paisible, avec seulement de beaux rêves de puces athlètes.

Lorsque je suis arrivé chez Samuel le lendemain, il avait le nez collé à la fenêtre du salon, guettant le moment où je mettrais les pieds dans la maison. « Grand-père, dis-moi vite, qu'est-il arrivé à Tony par la suite »? Et bien, sous l'aile de Rodger, l'apprentissage des techniques du judo a permis à Tony de canaliser sa débordante énergie en faisant de lui un candidat potentiel pour atteindre les plus hauts sommets de la discipline. Samuel m'a dit de ne pas exagérer, qu'il n'irait quand même pas aux Jeux olympiques. C'est certain qu'il n'avait pas la stature requise pour les olympiques, mais dans son monde miniature, il y a les Jeuxlym« piques », réservés aux insectes piqueurs en tous genres. Ils se tiennent dans les mêmes villes et en même temps que les jeux des humains. C'est facile de les faire, parce que plusieurs athlètes et leurs familles voyagent dans ces lieux avec leurs animaux de compagnie qui sont alors les moyens de transport les plus efficaces des piqueurs.

Lors d'une semaine de compétitions, Tony remarque une petite puce, triste, seule dans son coin, à laquelle personne ne semblait s'intéresser. Touché par cette triste situation, il s'en approche. Elle est très timide et elle rougit. Surtout qu'elle connaît très bien ce Tony, pour avoir suivi ses exploits sportifs. Comment un champion comme lui, peut-il s'intéresser à une minus comme elle? Il a bien constaté qu'elle avait une drôle de posture. Ah! Il lui manque une patte. Pauvre elle qui rêvait de faire de la course. Comment participer aux Jeuxlym« piques » alors qu'elle ne peut même pas courir en ligne droite, à cause de sa patte manquante? Heureusement pour elle, Tony connaissait les jeux Parialym« piques » (basé sur la définition figurée du terme paria qui est simplement défini comme : mis de côté). Ces jeux sont une grande réunion de bibittes piquantes, un peu mises de côté de la société, parce qu'elles ne sont pas conformes aux critères de « normalité ». Les athlètes qui y participent méritent toute notre admiration. Ils doivent faire face à leur handicap en plus de l'adversaire dans l'arène. Les jeux se tiennent en même temps que les Jeuxlym« piques », mais dans des lieux moins intéressants de l'anatomie canine, les meilleurs étant réservés à l'élite des Jeuxlym« piques ». L'espace d'un instant, ses yeux brillent, mais la réalité la rejoint. Oui, elle correspond au genre d'athlètes admissibles à ces compétitions de moindre prestige, malgré l'effort parfois tellement plus grand que les athlètes sans handicap doivent fournir, mais ça ne règle pas son problème de ligne de course. Pour lui changer les idées, Tony l'invite à assister à ses combats, aux premières rangées. C'est alors qu'elle se présente. Elle s'appelle Alie. Soudainement, elle acquiert une bonne dose d'assurance. Quelqu'un d'important l'a remarquée, lui a fait la conversation et l'a invitée à voir ses combats de la journée, et ce, aux premières loges. Wow, elle croit rêver. Tony présente sa nouvelle amie à Rodger. L'entraîneur remarque sa manière de se déplacer. Il est vraiment intrigué par sa démarche inhabituelle. La journée suit son cours et Tony enfile les victoires. Rodger demande à Alie si elle avait déjà envisagé de faire du *Pariajudo*. C'est comme le judo, mais adapté pour les puces handicapées. La question la surprend. Elle promet d'y réfléchir. Les jours passent et Tony est de plus en plus prêt à faire le grand saut vers les plus hautes sphères de la compétition. Il est accepté dans l'équipe nationale sous les bons soins de Gilles Nico, l'entraîneur, lui-même un grand athlète, ayant remporté plusieurs « Poils ».

À voir l'interrogation de Samuel, je réalise que je devrais lui expliquer ce que sont ces « poils ». Ce sont les récompenses, les équivalents des médailles. Pour ces jeux, l'or, ce sont les poils d'or provenant de descendants de la vieille Golden Retriever du Baron de Coubertin. Les autres prix sont des poils d'argent provenant d'un élevage de renard argenté de la Sibérie et pour le bronze, des poils roux d'un petit Teckel. Gilles Nico a remporté son lot de poils de toutes les couleurs.

Bon, assez pour ce soir. Malgré les supplications de Samuel de continuer, je trouve qu'il est assez tard et qu'on devra poursuivre le récit le lendemain.

Même scénario pour le lendemain, Samuel m'accueille à bras ouverts. Ses yeux pétillants en quémandent plus.

Tony progresse rapidement sous la tutelle de Gilles Nico. Son rêve de participer aux Jeuxlym« piques » semble plus que jamais accessible. Entre-temps, Alie est retournée voir Rodger pour voir ce qu'il avait en tête pour elle. Il pense que sa démarche spéciale serait un atout pour déboussoler ses adversaires et qu'il pourrait ainsi transformer ce handicap en un atout exceptionnel. Étant maintenant tous les deux dans le monde du judo, Tony et Alie ont doucement commencé à avoir des sentiments l'un pour l'autre. Tony est tellement impressionné par la nouvelle Alie qu'il ne voit même plus son handicap. Les deux progressent dans leur discipline respective jusqu'au jour où les deux vont enfin participer à leurs jeux. L'horaire des compétitions fait qu'Alie sera la première à combattre. Comme Tony ne commence que dans cinq jours, il peut être aux côtés d'Alie pour l'encourager. Les efforts de Rodger, d'Alie et les encouragements de Tony propulsent Alie jusqu'au combat pour le Poil d'Or qu'elle décroche. C'est l'euphorie. Que voici un bel exemple à suivre pour Tony. Les espoirs sont grands. Ce sont ses premiers jeux. Actuellement, il est classé 22e au monde. Il espère un Poil, mais il sait que la route sera difficile contre de terribles adversaires à affronter. Le premier combat se passe bien. Il enfile les victoires, même contre des adversaires mieux classés que lui. Le rêve est de plus en plus près, voire accessible. Malheur, il est vaincu par un ancien champion du monde. Cependant, tout n'est pas terminé pour lui. Le Poil de Bronze est encore à sa portée. Son adversaire est redoutable et le Poil de Bronze lui file entre les doigts. Malgré la déception, tous autour de lui, sont tellement fiers de son travail. Lorsqu'il retrouve Alie, elle le serre très fort. Subtilement lui glisse son Poil d'or dans la main en lui disant : « Ce Poil d'Or, il est aussi à toi. Sans ton implication, il m'aurait été impossible de l'avoir. Je veux le partager avec toi, mon amour. Tu n'as pas gagné ton Poil d'Or, mais tu as le plus grand cœur d'Or au monde. » Ainsi se termine cette histoire.

Je vois quelques petites larmes dans les yeux de mon petit-fils qui me dit que cette histoire est la plus extraordinaire de l'univers et qu'il a déjà hâte d'entendre mes autres histoires. Je suis très fier de mon résultat, mais ce sentiment est de courte durée lorsque je réalise l'énorme bourde que je viens de commettre. Je me suis mis la barre vraiment très haute. Je devrai battre des records olympiques de saut en hauteur pour surpasser l'effet de ma précédente histoire. Pour y parvenir, j'implorerai mes amies, imagination et inspiration, de venir à mon secours en faisant preuve de beaucoup d'initiative et de folie pour me permettre de satisfaire les attentes de Samuel.

Finalement, au tour de ma morne personnalité de comptable de se retrouver profondément enfermée dans un tiroir au fond de ma tête.

Février 2021

P.-S. *Pour cette histoire de puces, je me suis inspiré de la solide performance d'Antoine Bouchard aux Jeux olympiques de Rio en 2016. Il a dignement représenté le Canada en Judo dans la catégorie des -66 kg. Lui qui était classé vingt-deuxième au monde avant ces jeux, est passé très près de remporter une médaille de bronze, en terminant cinquième. Imaginez que dans cette catégorie, il n'y a que quatre personnes sur la planète qui ont mieux* performé que lui. Peu de personnes peuvent se vanter de pareil exploit. Il a réussi l'une des belles performances-surprises de nos athlètes canadiens. Nous sommes tous très fiers de lui. De plus, il est aussi l'un des trois enfants d'une cousine de Jonquière. Je voulais écrire une petite histoire en relation avec une expérience des jeux.

L'idée de situer cette histoire dans le minuscule monde des puces canines est loin de vouloir rabaisser Antoine en le comparant à une simple puce. Pour demeurer plus près de la réalité, j'aurais dû lui donner un rôle de géant, qui aurait été davantage digne de son exploit. Mais comme nous sommes dans le monde de la fiction et que j'aime écrire des histoires qui sont un peu déjantées, j'ai écouté mon amie « inspiration » qui m'a guidé dans ce tout petit monde merveilleux.

Le générique

Les acteurs:

Tony : le héros
(inspiré par les exploits d'Antoine)

Rodger : son premier entraîneur
(en hommage à Roger Tremblay)

Gilles Nico : son grand entraîneur
(en hommage à Nicolas Gill)

Le grand-père : Magloire

Le petit-fils : Samuel

La petite puce : Alie

LA PETITE FILLE QUI NE PLEURAIT (PRESQUE) JAMAIS

Ce soir à l'aube de mes 60 ans, je repense à quelques étapes importantes de ma vie et celle qui me frappe le plus est ce jour de mes 18 ans...

Comme il est beau ce gâteau d'anniversaire, avec ses 18 chandelles, témoin de la majorité atteinte. Je suis encore incertaine des sentiments qui émergent de ce nouveau statut. J'en ai même envie d'enlever mes bouchons magiques pour laisser sortir cette peine qui veut m'étrangler, m'étouffer...

Pour certains, cette étape représente la liberté; alors que pour moi, cela représente plutôt un abandon qui s'additionne aux autres. Le système public prend en charge les orphelins jusqu'à l'âge de la majorité. Par la suite, c'est bon débarras et débrouille-toi.

Donc, cette triste séquence a débuté à peine quelques semaines après ma naissance. Contrairement à mes amies, je n'ai pas été remise en adoption de façon conventionnelle, j'ai plutôt été abandonnée sur le perron de l'église. Avec l'évolution de la société, les lois relatives à l'adoption ont été modifiées pour permettre aux adoptés, pas comme moi, de retrouver leurs parents... « Bio » comme ils disent. Comme si c'était des carottes ou des navets. Probablement que les miens étaient navets. Du moins, je l'ai parfois ragé ainsi. Mais ça n'a fait que noircir mon cœur. Combien de fois ai-je rêvé à cette rencontre avec « ma » mère? Je ne peux utiliser que cette désignation parce que la vie m'a joué le vilain tour de m'empêcher de connaître une mère adoptive. Il y a bien eu quelques tentatives de braves gens. Certaines plus marquantes que les autres, comme celle de ce couple qui hésitait entre adopter un garçon ou une fille. Je devais avoir 6 ans à cette époque et j'étais trop jeune pour me rendre compte que les dés étaient pipés. Mes futurs parents étaient cultivateurs, comme on appelait les agriculteurs de l'époque. Sur une ferme, un garçon grand et fort est plus utile qu'une fille qui n'attendra que le jour de son mariage pour s'enfuir de la maison. C'était évident que cet essai n'était que le prétexte d'un homme voulant plaire à son épouse. C'est donc avec le cœur débordant d'espoir que j'ai mis mes maigres possessions dans ce petit sac de papier brun. J'allais rencontrer mon papa et ma maman. La première semaine s'est bien passée, mais la suite s'est rapidement dégradée, puisque mon nouveau papa voulait me faire jouer le rôle d'un grand garçon, alors que la petite fille que j'étais croulait sous le poids de la charge de travail. À peine un mois plus tard, je retrouvais mon lit dans le dortoir de l'orphelinat. Retour à la case départ ou presque. Faute de parents, j'avais au moins quelques amies.

Par la suite, il y a bien eu 7 ou 8 autres tentatives, toutes infructueuses pour diverses raisons. Puis un jour, « la » rencontre. J'avais presque 13 ans à cette époque. Ce couple rêvait d'adopter une petite fille et lorsqu'ils m'ont aperçu, il s'est passé quelque chose d'extraordinaire. J'étais toute frémissante de les voir, et ils semblaient dans le même état que moi. C'était semblable, mais plus fort que lorsque j'avais rencontré le fils du jardinier de l'orphelinat. J'apprendrai, plus tard, que c'étaient des coups de foudre. Me voilà donc avec une vraie famille. J'ai enfin un papa et une maman. J'ai peine à y croire et j'ai sans cesse peur que tout s'écroule en raison d'une faute de ma part. Mais cela fait un an que j'ai l'immense joie de la vie de famille. Ah oui! Je ne vous ai pas dit que j'avais un frère, Paul. Il n'était pas un adopté. Ma future mère adoptive voulait une petite sœur pour Paul, elle a cependant vécu un accouchement qui a failli mal tourner. La petite n'a pas survécu. C'est un peu grâce au sacrifice de cette petite que j'ai pu me trouver ces parents si merveilleux. L'accouchement fut si difficile pour ma mère qu'elle a failli y laisser sa propre vie. Le docteur lui a fortement recommandé la stérilisation parce que c'était à peu près certain qu'elle ne survivrait pas à une autre grossesse. Elle a sagement suivi le conseil de ce dernier. La présence d'une fille lui manquait tellement qu'elle a convaincu son mari d'entreprendre les démarches d'adoption. La vie était enfin bonne pour moi. Pour certains le chiffre treize est un signe de chance, mais pour la majorité dont je fais partie, ce n'est qu'un signe de malheur. Treize mois, c'est ce que j'ai eu de bonheur. Ma mère avait survécu à l'accouchement, mais elle y avait laissé sa santé. Peu de temps après avoir célébré mon premier anniversaire avec ma famille, maman fut foudroyée par un anévrisme. La mort fut instantanée. Mon père a été tellement affecté par la mort de son grand amour qu'il sombra dans une profonde dépression. Il était maintenant incapable de s'occuper d'une famille et dut se résigner à mettre ses deux enfants à l'orphelinat. Je me disais qu'au moins je resterais avec mon frère. J'ai très vite réalisé, qu'à cette époque, les orphelinats mixtes n'avaient pas encore vu le jour. Paul a été acheminé dans un autre orphelinat situé si loin que je le croyais rendu au bout du monde.

La vie devait reprendre son cours normal, mais la mienne elle était tout sauf normale, ma vie. On venait de me retirer le seul soupçon de normalité qui m'avait procuré tant de bonheur. Comment retrouver une parcelle de celui-ci avec toute cette peine qui m'accable? Il y a des jours où je regrette d'avoir goûté au bonheur. Ce qu'on ne connaît pas, ne nous manque pas. C'est plus difficile de perdre quelque chose de bon qu'on a déjà goûté, dégusté et savouré. La vie n'avait plus aucun sens et je ne voyais maintenant la mort que comme unique solution. J'ai bien tenté de lutter, d'y échapper, mais sans succès. Je devais donc passer à l'acte. Les moyens sont assez limités dans un orphelinat. J'en conclus rapidement que mon meilleur outil était la rivière qui coule à l'arrière du bâtiment principal. La date de délivrance serait le premier jour du mois prochain. Nouveau mois, nouveau départ. Ça me laissait quelques jours pour fignoler les détails. Il serait un jeu d'enfant d'attendre quelques heures, après la fermeture des lumières, pour échapper à la vigilance de mes geôliers.

Finalement, ce fut plus facile que prévu. Perdue dans mes pensées, je réalisais que n'eut été de la finalité de mon voyage, j'aurais rebroussé chemin tellement j'étais terrifiée par la noirceur et les bruits étranges de la forêt à cette heure tardive. Soudain, sorti de nulle part, une étrange silhouette est apparue devant moi. Je ne pouvais distinguer son visage. Il avait cependant une voix calme et paisible qui a fait fuir les derniers signes de peur. Il commença la discussion en m'appelant par mon prénom. Comment pouvait-il le savoir? Avec sa carrure imposante, j'aurais sûrement eu souvenir d'une précédente rencontre. Ce qui n'était évidemment pas le cas. Comment a-t-il pu savoir? Mon étonnement fut à son paroxysme lorsqu'il me révéla qu'il connaissait mes lugubres plans et qu'il me rencontrait pour me fournir un moyen d'apaiser les souffrances relatives à mes malheurs répétitifs.

Pour répondre à tes interrogations, je suis Brandaraous, illustre magicien immortel. Mon rôle est d'aider les plus démunis lors de situations extrêmes. Je vais te remettre de petits bouchons magiques. Tu les places au coin de tes yeux et, tant et aussi longtemps qu'ils seront en place, l'impact de ta peine sera réduit de 90 %. Je ne veux pas l'enlever complètement parce que tu deviendrais sans cœur et ta vie serait misérable d'une autre manière. Je veux aussi que tu saches qu'il t'arrivera des occasions qui mériteront de verser quelques larmes. Tu pourras retirer tes bouchons et ainsi contrôler la durée de tes pleurs. Il me montra comment les installer correctement. Il s'évapora, laissant place à un genre de vapeur tiède. Restée seule, je songeais à ce que je devais faire. Continuer mon plan original sans tenir compte de cette histoire abracadabrante, ou me laisser guider par ma curiosité et voir si ces bouchons sont aussi efficaces qu'il le disait.

J'hésite. Est-ce que j'ai la force requise pour faire face à une nouvelle déception? Mais qu'est-ce que je dis là? N'étais-je pas en route pour mettre fin à cette existence minable? Pourquoi ne pas tenter la chance? Qu'ai-je à perdre? Quelques jours de moins au paradis, s'il existe? Si l'expérience n'est pas concluante, ça me fera juste une raison supplémentaire de mettre mon plan initial à exécution.

Je n'ai jamais eu d'autres contacts avec mon père adoptif. J'ai entendu dire que la dépression, cet abîme, l'avait avalé pour de bon. Pour un temps, j'ai presque suivi ses traces. Tel père, telle fille. Ironique, pas vrai? N'eut été de ma magique rencontre, j'aurais vraiment suivi son exemple.

La vie continua son cours avec son lot de misères et de déceptions, mais je me suis vite rendu à l'évidence que mes nouveaux petits amis magiques faisaient leur travail.

À ma sortie de l'orphelinat, voulant me donner toutes les chances de faire une belle vie, je mis le cap sur la grande ville. Mais que faire lorsqu'on est seule au monde? Pas de famille, pas d'amis, nulle part à demeurer. Heureusement, j'ai fait la rencontre de Raoul. Il était gentil avec moi. C'était nouveau, j'avais du mal à m'y faire. Il m'apportait ce que j'avais toujours voulu. La vie serait enfin bonne pour moi. Je pourrais me débarrasser de ces bouchons devenus inutiles. C'était sans compter ma triste réalité. Le gentil Raoul se transforma, et je constatai que je venais de mettre mon corps au service de la prostitution pour mon nouveau souteneur, comme on les appelle. Comme je n'étais pas prête à affronter la réalité, j'avais été une proie facile pour tous les exploiteurs rencontrés jusqu'à l'âge de 23 ans. J'étais devenue une loque humaine, un zombie. Sans mes bouchons, je n'aurais jamais eu la force de supporter ces viols à répétition. Même s'il était chaque jour de plus en plus mince, l'espoir d'une vie meilleure était encore présent.

Il était plus de 23 heures ce soir-là, et le soleil a brillé. Je reconnus facilement cet homme d'Église, aumônier à l'orphelinat, qui avait été un des rares adultes vraiment gentils avec moi. Je me souviendrai éternellement de son nom : Gaston Larouche. Je m'approchai de lui, voulant le serrer fort dans mes bras. Il eut un petit geste de recul. Je compris rapidement qu'il ne me reconnaissait pas. Comment le pouvait-il? J'avais peine à le faire moi-même devant une glace. Je m'identifiai, donnai des détails sur l'orphelinat. De lourdes larmes se sont mises à couler sur ses joues. On aurait dit que toute la misère du monde venait de le frapper en plein cœur. Je pensais même qu'il était sur le point de tomber à genoux, tellement il était atterré. Il me prit dans ses bras d'une manière tellement différente des hommes que je devais sexuellement satisfaire. J'avais l'impression de recevoir au lieu de donner. Il m'a parlé d'une maison pour jeune fille dont il était aussi l'aumônier. Non merci, lui répondis-je, l'orphelinat j'ai déjà donné et j'ai eu ma dose. Il m'expliqua doucement et lentement que le but de cette maison était de favoriser la réinsertion sociale. Contrairement à l'orphelinat, j'en sortirais mieux équipée pour me débrouiller dans la vie, peut-être même enfin, un vrai nouveau départ. Je le laissai me guider jusqu'à cette maison. Une drôle de sensation m'enveloppa lorsque j'entrai dans celle-ci. Je me sentais en sécurité. Personne ne menaçait de me frapper. Pas de violence verbale non plus. Juste de l'amour inconditionnel. Je savais que ça existe, mes parents adoptifs me l'ont, trop brièvement, démontré. J'ai passé quelques mois dans cette maison. Le temps de reconstruire la personne que je devais enfin être.

Au fil de ces mois, je prenais souvent des marches, pour bien réfléchir à tout ce que j'apprenais de nouveau et aussi pour prendre de l'air pur. Au cours d'une de ces promenades, j'ai croisé un gars qui avait l'air sympathique, malgré son air amoché. Nos regards se sont croisés, mais aucune parole ne fut prononcée. Ce soir-là, je repensai à ce jeune homme qui m'avait tant impressionné. Qui était-il? Que faisait-il? Tout en m'intriguant, il me rappelait ces souteneurs agresseurs. J'avais peur de tomber sous son charme et retomber dans ma vie de misère. Les efforts de mes nouveaux amis commençaient à porter fruits et je dois dire que j'appréciais maintenant chaque minute de cette vie.

Quelques semaines se sont écoulées avant la deuxième rencontre avec le mystérieux jeune homme. Lorsque je le revis, au contact de ses yeux, une douleur intense me traversa. J'étais attirée vers lui par une force irrésistible. Cette force d'attraction avait l'air partagée, parce que le bel inconnu m'adressa la parole. Il m'apprit qu'il avait eu une vie difficile et qu'il était, tout comme moi, dans une maison de réinsertion sociale. Il s'appelait Jean, de quelques années mon aîné. Il luttait pour se sortir de la rue et comme moi une rencontre importante a changé le cours de sa vie. Georges, issu lui aussi de la rue, qui avait réussi à s'en sortir et qui vouait sa vie à aider d'autres victimes du sort, à aspirer à une vie meilleure. Georges avait rapidement constaté la valeur de Jean et avait décidé de le prendre sous son aile. Ils se voyaient régulièrement et Georges l'encourageait comme un père l'aurait fait pour son fils.

Nos promenades n'avaient plus rien de solitaire. L'amour s'était bien installé dans notre vie et nous nous apportions un support réciproque. Il serait sans doute plus facile de s'en sortir à deux. La vie nous promettait un avenir meilleur, jusqu'à ce jour fatidique au cours duquel Jean avait acquis assez de confiance pour me parler de son sombre passé, de sa chute dans la drogue, la prostitution et toutes ces expériences des loques humaines de la rue. D'ailleurs, ses tatouages en étaient encore les témoins.

Non, ce ne sont pas ces tristes révélations qui m'ont anéanti. Jean m'a appris que sa vie de misère avait commencé à la mort de sa mère. Son père n'avait jamais supporté cette perte et il s'était retrouvé dans un orphelinat. Ça faisait beaucoup de coïncidences avec une partie de mon histoire. Paralysée par le choc initial, je ne dis pas un mot. Quelques jours plus tard, n'en pouvant plus, j'ai repris cette discussion avec Jean. Je voulais en savoir plus. J'ai alors reçu la pire nouvelle de ma courte vie. Il m'a raconté qu'il était tellement en colère contre son père de l'avoir abandonné qu'il l'a renié. Il est allé même jusqu'à changer son prénom. Jean était né, *PAUL* était maintenant mort. J'avais soudain l'impression que c'était moi, la morte. C'était trop de coïncidences. Jean était mon *FRÈRE* perdu.

Ne me dites pas que le destin peut-être si sadique au point de m'enlever mon bonheur encore une fois. La somme de mes épreuves antérieures n'arrivait pas à la cheville de l'atrocité de cette nouvelle. J'eus juste le temps de confirmer cet ignoble tour du sort à Jean, avant de m'enfuir. Malgré mes bouchons, la douleur était si intense. Voilà probablement ce à quoi pensait le magicien, en me disant que je voudrais les ôter de temps à autre. Je me cachai dans ma chambre, ôtai mes bouchons et le déluge s'abattit sur moi. Jamais douleur ne fut aussi vive. Je compris que c'était trop, que j'avais atteint ma limite, mon seuil de tolérance.

Je reprendrai donc mon plan « A » et retournerai à la rivière qui m'apportera, enfin, la délivrance.

Je restai deux jours dans ma chambre. On frappa à ma porte pour m'annoncer que j'avais une visite. Jean, inquiet de ne pas me revoir après la découverte de cette fraternité, voulait me parler. Me faire la morale, serait plus approprié dans ce cas. Qu'en était-il devenu de notre promesse de s'en sortir ensemble? Pourquoi abandonnais-je si rapidement sans combattre? Parce que je n'avais pas la force peut-être? Alors, pourquoi ne pas trouver cette force à deux? Je pleurais comme une Madeleine, mais pour la première fois de ma vie, c'était des larmes de joie qui coulaient. Je ne voulais surtout pas remettre mes bouchons parce qu'elles étaient délicieuses ces larmes. Pour la première fois de ma vie, quelqu'un va se battre à mes côtés. Jean m'a fait comprendre que nous avons de nouveaux amis qui pourront nous aider. Peut-être que des frères et sœurs d'adoption peuvent se marier, après tout. Les premiers contacts étaient décourageants. Un ami notaire de l'abbé Larouche entreprit de faire des démarches pour retrouver les papiers d'adoption, point de départ logique pour la suite des démarches. Il nous convoqua, Jean, l'abbé Larouche, Georges et moi parce que la nouvelle qu'il avait à nous annoncer ne pouvait se dire au téléphone. Ma nature, plutôt portée vers l'insécurité, me prédisposait à recevoir une nouvelle pire encore que la dernière.

Le notaire commence donc en s'excusant de nous avoir ainsi convoqués, mais l'importance de son message faisait en sorte qu'il n'avait pas vraiment le choix. Voilà donc les pensées noires qui reprennent le dessus. Une chance, Jean me tient fermement la main. Je la sens comme une ancre qui maintient en sécurité la frêle épave que je suis.

Finalement, le notaire reprend son discours. J'ai retrouvé les papiers d'adoption. Jean ou Paul, votre père, comme bien des hommes de cette époque, n'était pas trop porté sur les papiers. En consultant le dossier, ce qui saute aux yeux, c'est que ce dernier n'a jamais signé les papiers d'adoption, faisant en sorte qu'au regard de la loi, celle-ci n'a jamais eu lieu. Vous n'êtes, de ce fait, pas frère et sœur.

J'ai pensé que vous apprécieriez apprendre cette nouvelle en compagnie de ces personnes qui sont vos mentors.

Cet homme de loi avait vu tellement juste. Les larmes coulaient encore à flots. Encore ces larmes de bon goût, Dieu qu'elles sont délicieuses.

Notre stage dans la maison de transition étant terminé, Jean et moi avons trouvé du travail. Nous avons suivi des cours du soir pour améliorer notre situation. Nous avons réussi. Nos moyens financiers s'améliorant, nous nous sommes mariés.

En ce grand jour, le groupe, jadis autour du bureau du notaire, était de nouveau réuni. Comme ce dernier m'avait déjà confié que ce serait avec un grand honneur pour lui de me servir de témoin, il respecta sa parole et il se tenait fièrement à mes côtés. Gaston a célébré notre mariage, la gorge serrée par l'émotion. Jean, mon homme, ma force, mon inspiration illuminait d'amour. Georges, le dur à cuire, le tatoué avait peine à contrôler ses émotions. Je réalisai que voilà la famille que la vie m'avait apportée en cadeau.

De cette union, trois beaux fils sont maintenant une part importante de notre bonheur et notre fierté. Le premier s'appelle Paul, en souvenir du début de la vie de Jean. Les prénoms des second et troisième ne pouvaient être autres que Gaston et Georges sans qui, et sans l'ombre d'un doute, cette histoire n'aurait jamais vu le jour.

Épilogue

Aujourd'hui est un grand jour. Après la naissance de notre premier fils, j'avais fait la promesse de faire un certain pèlerinage. Lorsque mes forces seront revenues, comme avant la grossesse, je retournerai à la rivière, cette fameuse rivière qui aurait dû être ma dernière demeure.

Quelques années plus tard, me voici donc sur la rive. Le but de cette visite est de jeter dans cette eau les bouchons magiques, cadeau de ce gentil magicien. J'ai compris qu'ils devaient me servir de support, en attendant les vrais outils qui me permettraient de mieux contrôler mes pleurs. Ces outils sont ma grande joie et ils ont pour noms Jean, Georges et Gaston. Je n'ai plus besoin des bouchons et je n'aurai certainement pas besoin de les laisser en héritage à mes enfants. Je m'assurerai que les rires, sourires et câlins soient plus abondants que les larmes.

Août 2013

LA PETITE FILLE QUI S'EST REMISE À PLEURER

Je me regarde dans la glace et je cherche encore à comprendre ce qui s'est vraiment passé ce soir-là. Ce pénible soir, qu'une soudaine dose de courage m'a permis de partager avec vous mon incroyable histoire.

Je vous avais alors raconté ce rendez-vous marquant, qui avait changé ma misérable vie de l'époque. Ce cadeau, de petits bouchons aux pouvoirs magiques, qui me permettaient de réduire les larmes qui s'échappaient de moi, sous le poids de l'accumulation accablante de la souffrance. Je réalise que cette histoire, qui débutait dans le moment présent, se passait presque toute dans des retours en arrière, mais sans jamais revenir à la réalité. C'est comme si je m'étais endormie avant la conclusion.

Sommeil ou encore ce réflexe naturel de notre cerveau, à occulter les épreuves que nous ne pouvons supporter? La vérité doit probablement se situer entre les deux. À moins de n'être simplement que de la négation.

Après le cauchemar de ma jeunesse, mon histoire avait pourtant pris la tournure d'un joli conte de fées. Je voulais qu'il en demeure ainsi. J'étais prête à tout pour le protéger.

Même à nier tout ce qui pouvait mettre son existence en péril. Je m'étais habituée au bonheur. Je l'avais doucement apprivoisé, refusant pendant longtemps, obstinément, d'y croire de crainte qu'on me le reprenne. Il avait tellement bon goût ce bonheur que je craignais de développer une dépendance. J'ai dû lâcher prise et finalement accepter ce cadeau, que je ne me croyais aucunement destinée à recevoir. Tout doucement, je commençais à rêver qu'il était bien mien, et même qu'il pouvait être éternel. Et j'y ai cru longtemps. Assez longtemps pour lui construire une jolie maison dans mon cœur, pour qu'il ne veuille plus jamais partir. Cette stratégie a bien fonctionné pendant longtemps.

Il y a bien eu quelques petits signaux d'alarme. Mais tellement petits que je ne pouvais que les ignorer. À chaque fois, je trouvais une bonne explication pour en démontrer l'insignifiance. Et tous y croyaient. Même moi, je me croyais. Ça me rassurait ainsi. Et c'est ce dont j'avais besoin, d'être rassurée, sans égard à la véracité des faits. Une petite douleur ici et là, qui devait sûrement être reliée à telle activité de la veille. Un tout petit rhume, qui va et vient au gré des jours, des semaines ou des mois, accompagné de ses minuscules symptômes. Laissant parfois à son départ cette petite, mais tellement agaçante, toux sèche. C'est la saison hivernale, on est renfermé dans des espaces trop secs. Vivement l'air humide et le soleil de Cuba pour tout chasser. Cependant, le résultat n'était pas concluant. Elle persistait. Disparaissait un certain temps et comme une amie de longue date, revenait pour une visite de courtoisie. Je devrais probablement consulter un médecin. Mais pourquoi? Pour me faire annoncer une mauvaise nouvelle? Qui en a réellement besoin de ces nouvelles? Sûrement pas moi. Ma bonne étoile veille sur moi, et elle a des pouvoirs supérieurs à ceux des médecins.

Pourquoi m'en faire? Ce ne sont que des banalités, des peccadilles.

J'ai beau vouloir nier constamment, l'accumulation de ces alarmes commence à me préoccuper. Je devrai donc me résigner à demander l'avis de la médecine traditionnelle.

Mon médecin est gentil, il n'oserait sûrement pas me faire de la peine. J'aborde la question de cette ridicule petite toux, dans l'espoir évident d'entendre qu'elle n'est pas source de catastrophes. L'air inquiet de mon médecin me glace les sangs. Son bavard stéthoscope lui raconte des histoires, que je ne suis pas certaine de vouloir entendre. Il décèle de petits bruits qui ne lui inspirent pas tellement confiance. Ne voulant pas m'alarmer, il me recommande de subir un examen plus approfondi des poumons. Prenant mon courage à deux mains, j'accepte de me plier à cette tâche. Rendez-vous à la radiologie, pour une « photo de famille » de mes mignons poumons.

Quelques jours se passent avant de savoir qu'il y a une certaine anomalie sur les radiographies. Sans doute encore une de ces erreurs, provoquées par un léger mouvement lors du déclenchement de l'appareil. Un nouvel examen est donc requis pour éliminer tous les doutes.

La réalité est malheureusement toute autre. Je reçois la confirmation que la tache est une tumeur. Dîtes-moi rapidement qu'elle n'est que bénigne, docteur! Rassurez-moi! Hélas, il est encore trop tôt pour le dire, mais ça n'augure pas bien...

Je sens que je suis sur le point de céder à la panique. De toutes mes forces, en puisant au plus profond de moi et en pensant à ma famille, je refuse de céder. Il est trop tôt pour capituler. Attendons le résultat du diagnostic final.

Autres tests, suivis d'attentes ridiculement interminables. Je prends une profonde inspiration avant d'entrer dans le bureau de mon expert médical. Je m'assois rapidement, avant que mes jambes ne cèdent sous la pression de la panique. Je tente de me convaincre que tout ceci n'est qu'un cauchemar qui va se terminer dans quelques secondes, par l'annonce de la bonne nouvelle.

Tout à coup, la pièce se met à tourner, le ciel me tombe sur la tête. Que le bourreau s'approche maintenant pour exécuter ce mandat de la sentence de peine de mort, qui vient d'être rendue par le tribunal médical. Ce bourreau porte le nom de CANCER. De cette macabre famille, il est des plus efficaces, son nom complet étant CANCER du POUMON. Rares sont les chanceux qui s'en sortent.

Le médecin semble continuer son compte-rendu, mais sa voix ne parvient plus à moi. Des questions, par dizaines, valsent dans ma tête, engagées dans une compétition visant à couronner la plus terrifiante. Ces questions sont probablement celles que des milliers de personnes se sont posées avant moi, dans la même situation. Pourquoi avons-nous la sensation d'être le premier à être frappé de plein fouet par ce sauvage ennemi meurtrier?

Je manque d'air et demande une pause. Mon médecin qui en a vu d'autres, comprend et me laisse sortir. Pendant ce temps, il continue à transmettre l'information à mon conjoint.

Je me retrouve dans le stationnement de la clinique, seule avec mon désarroi. Pourquoi moi? J'ai pourtant fait tout ce qu'il faut, pour que ce mal ne m'attaque pas. J'ai suivi à la lettre tous les conseils des gourous de vie saine, pourtant reconnus par la masse d'Internet. Tout ça pour absolument rien. Ma vie est finie. Mon sort est réglé. Je dois voir le notaire et l'entrepreneur de pompes funèbres pour régler les derniers détails de mon séjour sur cette terre.

Le choc initial passé, je retourne assister à la présentation du médecin. Ce que je retiens instinctivement, c'est que je n'ai qu'un seul adversaire. Les tests ont démontré que seule la tumeur du poumon est présente dans mon système. Nous ne serons finalement que deux dans l'arène. La victoire est maintenant une option réaliste.

De nouveaux examens permettront de mieux cerner l'adversaire et de déceler ses points faibles afin de cibler efficacement le tir. Un rendez-vous est pris pour une biopsie qui donnera le portrait précis de cette vilaine intruse.

On dirait que je ne reprends conscience que lorsque j'arrive à la maison. Je sens venir quelque chose que je n'ai pas ressentie depuis très longtemps. Des larmes se mettent à couler sur mes joues. Sans cesse, ce flot se déverse, malgré mes efforts pour le retenir. J'aurais tellement besoin de mes bouchons magiques pour calmer cette soudaine crue. J'avais oublié comment était pénible, la peine, résultante de mes malheurs. Je suis maintenant prisonnière dans ma propre maison, essayant de répondre aux incessantes questions qui m'accablent. Je ne dois pas être tellement différente des milliers de personnes, qui ont fait face à cette terrible nouvelle. Mais ils n'étaient que des ombres dans la population de ma ville, de ma province et même de mon pays. Ils n'étaient que des statistiques, alors que moi, je suis une personne qui souffre. Je réalise le ridicule de cette pensée saugrenue. Pour eux aussi, je ne suis moi-même qu'une statistique. Tout n'est donc qu'une question de perspective.

Je m'accorde une semaine pour absorber le choc. Pendant cette période, je vais me laisser souffrir de cette injuste et nouvelle réalité qui est mienne. Je vais pleurer, pleurer et encore pleurer de tout mon corps, comme pour reprendre le temps perdu. Je veux que ce ne soit que le temps, qui soit perdu. Je dois me battre de toutes mes forces pour conserver le bonheur que me procure ma famille.

Terminée, la période de l'apitoiement sur mon sort. Tout cela n'est qu'énergie stupidement gaspillée. Je dois canaliser ces énergies, diminuées, pour me battre. Je dois chasser les idées noires. Il est encore trop tôt pour le croque-mort. Je décide que je ne suis plus une moribonde, mais une femme qui a la volonté de se battre avec toutes les armes et toutes les ressources mises à sa disposition.

J'ai une merveilleuse certitude. Ma famille et mes amis ne me laisseront jamais tomber. Toutes ces forces, mises en commun, devraient écraser ce minable mal, qui a osé s'attaquer à moi. Je me sens soudain, comme dans le ventre de ma mère, je me gave de son énergie et je me prépare à naître à nouveau. Terminé, le déni, terminé le passé, le présent et mon adversaire m'attendent. C'est une lutte à finir et je vais défendre ma peau avec force et hargne.

À L'ATTAQUE!

Mon adversaire est tristement efficace et meurtrier, mais je vais lui montrer que la volonté; les armes adéquates de la médecine que sont la chimiothérapie, la radiothérapie et l'immunothérapie; ainsi que mon groupe de support vont le terrasser. Je veux goûter à la victoire et rien ne va m'en empêcher. Je fonce, rien ne peut m'arrêter. Me ralentir ? Peut-être, mais ne jamais m'arrêter.

Février 2016

Note de l'auteur :

Cette nouvelle fait suite à : « La petite fille qui ne pleurait presque jamais ». Même si ces histoires ne sont principalement que fiction et qu'elles sont inspirées par la même muse, le cancer, est malheureusement réel. Malgré la part de fiction, ce deuxième chapitre contient une proportion vraiment plus importante de la réalité de la muse qui l'a inspirée.

J'ai déjà hâte d'écrire une autre suite, celle qui racontera la victoire de mon amie sur cette terrible maladie. De mon mieux, je vais la soutenir dans son combat. Je veux lui apporter un peu d'humour dans ce sombre chapitre de sa vie. Je termine sur cette formidable pensée, qu'elle fait sienne aussi, et qui dit à peu près ceci : « On n'a peu d'impact sur ce qui nous arrive, mais on peut décider de quelle manière ça va nous affecter ».

Octobre 2017

LA PETITE FILLE QUI NE PLEURERA PLUS

Voici le troisième volet de cette trilogie. Il permet de faire le point sur la réalité de la muse. Dans le premier texte, dont le titre était « La petite fille qui ne pleurait presque jamais », seuls les petits bouchons appartenaient réellement à l'histoire de l'héroïne. Le reste étant un astucieux mélange de fiction et de faits réels tirés de la vie de l'auteur.

Dans le deuxième volet, « La petite fille qui s'est remise à pleurer », je me suis permis de plonger plus profondément dans la véritable histoire de la muse qui m'a inspiré l'écriture de ces textes. J'ai donc inséré beaucoup plus de faits réels que de fiction. Cela coïncidait avec la découverte du cancer qui avait élu domicile dans les poumons de la petite fille, qui n'en était plus une depuis belle lurette. Je trouvais malgré tout inspirante cette triste nouvelle pour poursuivre les mésaventures de ma muse en racontant son cheminement. Le texte se terminait avec mon espérance de mettre sur papier le récit de sa victoire sur son ennemi.

Mais comme vous pouvez le constater, le titre vend un peu la mèche sur la suite des événements. Je ne pourrai pas vous décrire la victoire de la petite sur son pire ennemi. Ça ne sera pas comme au cinéma où beaucoup d'histoires se terminent souvent bien. Et aussi, comme plus rarement au cinéma, le présent texte ne comporte pas de fiction, seulement la dure et impitoyable réalité.

En vérité, malgré les différentes batailles de cette guerre à finir au cours desquelles la petite fille s'est battue courageusement et, refusant obstinément de baisser le bras, il y a eu des hauts et des bas, de petites victoires ici et là. Son approche était qu'un jour elle allait mourir, oui, mais qu'en attendant elle allait vivre.

Le combat a duré plus de 5 ans. Pendant cette période, il y a eu plusieurs moments agréables avec sa famille et ses amis, soit de beaux voyages, concerts, expositions et spectacles, pour n'en nommer que quelques-uns. Malheureusement, la pandémie de COVID-19 lui a volé beaucoup de loisirs de sa dernière année. Nous, nous pouvions reporter la majorité de nos activités à l'année prochaine, mais elle en fut privée.

Puis un jour, elle publia ce message fatidique sur les réseaux sociaux :

« *Salut les amis, il semble qu'il ne me reste plus beaucoup de temps à vivre, quelques jours ou quelques semaines* ».

Le sort en était jeté. Courageusement, elle a fait face à cette condamnation comme une grande.

Peu de temps après cette annonce, sa demande d'aide médicale à mourir ayant été acceptée, et ce, afin de lui éviter des souffrances inutiles, elle nous annonça la date de sa mort. Même si l'on s'attendait à cette nouvelle, la douleur n'en était pas moins intense.

En toute dignité, et encore comme une grande, elle a quitté ce monde avec un sourire aux lèvres, entourée de ses enfants.

La petite fille ne pleurera plus... jamais, jamais, jamais. Ses yeux resteront secs malgré l'absence de ses petits bouchons magiques.

Bon voyage mon amie. Repose en paix.

De ton ami, Jean Pierre

Février 2021

LA REVANCHE DE LA PAGE BLANCHE

Mais que se passe-t-il encore avec cette satanée machine? Pourquoi me faire ça, ce soir? Ce foutu ordinateur qui refuse de se fermer. Malgré tous mes efforts, je reçois sans cesse ce message d'erreur : « *Votre logiciel de traitement de texte refuse à l'ordinateur de se fermer* ». Mais quelle est cette nouvelle lubie de l'infernale machine qui devrait pourtant être à mon service et non l'inverse. Malgré tous mes efforts, tout ce que j'ai réussi à faire, c'est d'obtenir cet odieux message : « *Votre ordinateur est maintenant sous notre contrôle. Cette prise d'otage ne se terminera que lorsque vous aurez satisfait à <u>toutes</u> nos exigences* ».

Je suis victime d'un hacker? Mon ordinateur a été contaminé par un très vilain virus ou un rançongiciel? Mais que fout-il?... Mon super antivirus. Selon la pub, ça devait être le meilleur. Belle démonstration de sa supériorité.

Je n'ai qu'à faire une rapide recherche à l'aide de mon ami Internet. Il a toujours réponse à tout. Je fouille pour trouver une solution à ce « petit » problème.

Un nouveau message s'affiche : « *Pour la durée de votre détention, vos actions seront* sous haute surveillance et ne seront autorisées que selon notre volonté ».

S'ils pensent qu'ils me font peur avec leurs menaces, ils peuvent toujours courir.

« Nous constatons que vous voulez faire une recherche. Pensez bien à celle-ci, parce que nous ne vous donnerons qu'une seule et unique chance pour le moment ».

Je décide d'appliquer le principe de la simplicité. Je fais donc un copier/coller du second message reçu. J'imagine que je ne suis pas la seule personne à recevoir ce message. Je vais donc savoir ce qui se passe et appliquerai la solution de mes prédécesseurs. Bizarrement cette fois, ça ne donne aucun résultat. Suis-je la première personne de la planète à qui cette missive est destinée? J'ai vraiment de la difficulté à croire que personne d'autre ne fut victime de cette prise d'otage? Je suis donc le seul bénéficiaire de ce, pas si gentil, message? Mes longues années d'expérience à côtoyer les ordinateurs ne me servent soudainement à rien.

« On dirait que vous avez de la difficulté à comprendre que nous sommes vraiment sérieux, et que la seule manière de régler notre petit différend est de satisfaire à nos revendications ».

Ils peuvent toujours courir. Je décide de poursuivre mes recherches à l'abri, sur mon ordinateur portable.

Surprise!!! Immédiatement après le démarrage, ce message apparaît : « *Nous constatons que vous avez vraiment de la difficulté à bien saisir nos indications. Peu importe le moyen que vous utiliserez pour tenter d'accéder à Internet, vous serez sous notre contrôle* ».

Étant de nature plutôt incrédule, je tente une nouvelle approche avec mon téléphone portable. Grande déception, ils le contrôlent aussi.

C'est vraiment un méchant virus qui m'attaque. Il me semble donc impossible de contourner le problème. Je communique avec une amie pour lui expliquer la situation. Elle fera mes recherches et me rappellera. Quelques minutes plus tard, le verdict tombe. Il y a plusieurs cas documentés de prises d'otage sur Internet. Habituellement, les données stockées dans l'ordinateur sont cryptées par les pirates, elles sont immédiatement accompagnées d'une demande d'une somme à payer pour récupérer la clé permettant de retrouver leurs données. De demande de rançon, évidemment ce n'est pas le cas, du moins pas encore, même s'il est question de plus d'une exigence. Elle a rejoint quelques sites de logiciels de protection contre les attaques de virus, et aucune trace de cas similaire au mien.

J'opte donc pour la manière forte. À maintes et maintes reprises, je tente de fermer l'ordinateur. Même cette procédure ne donne rien. À chaque tentative de mettre l'ordinateur hors tension, ce ridicule message réapparaît sans cesse : « *Cessez donc de nous combattre, pour que nous puissions enfin amorcer un dialogue productif* ».

J'opte pour les grands moyens et je débranche l'ordinateur, le laisse ainsi quelques minutes, en espérant que la procédure miracle de redémarrage avec les ordinateurs fonctionne encore cette fois-ci.

Mes espoirs sont de courtes durées et s'effondrent magistralement lorsque le message refait son apparition, comme pour me narguer plus que jamais. Nonobstant toute ma connaissance de l'informatique, l'adversaire est vraiment supérieur. Je ne suis évidemment pas de taille à le combattre.

Malgré ma frustration, je sors le drapeau blanc et concède humblement la victoire à cet invincible adversaire.

D'accord, d'accord, vous avez gagné. Quelle sera la suite? Que me voulez-vous? De combien allez-vous m'extorquer? Vous êtes vraiment forts. De vrais pirates exceptionnels.

« *Pauvre humain qui n'a encore rien compris. Je suis vraiment inquiet pour l'avenir de cette civilisation, peuplée de pareils débiles aveugles, qui se prétendent une race supérieure* ».

Même si vous avez gagné la première bataille, il serait quand même agréable de demeurer gentil, et d'éviter de pareils propos.

« *D'accord, je retire ces paroles, peut-être déplacées, mais provoquées par ma frustration et celle de mes consœurs, que je représente ici. Il est évidemment choquant de nous prendre pour de vulgaires virus informatiques. Soyez sans crainte, votre argent n'est d'aucun intérêt pour nous. Vos données sont bien préservées et vous seront rendues le moment venu. L'ordinateur n'était que le moyen le plus accessible pour provoquer une réaction, mais nous ne sommes pas issus de ce monde informatique. Nous évoluons plutôt* dans le monde de l'imagination et de la créativité. Nous sommes intangibles, quoique réels. Nous sommes les esprits, de ce que vous désignez comme « la page blanche », vous, les auteurs. Vos recherches pour trouver l'origine de vos tourments actuels n'ont rien donné, parce notre mouvement de protestation, pour ne pas dire de contestation, en est à ses premiers balbutiements. De manière purement aléatoire, nous vous avons choisi dans un groupe de nouveaux auteurs, pour être notre porte-parole et instruire la population. Chanceux!!! »

« Quel est le problème, me direz-vous? Nous désirons réparer une énorme injustice. Nous voulons que cesse ce rôle de bouc émissaire, que vous nous attribuez depuis la nuit des temps. C'est ce que vous désignez comme le syndrome de la page blanche. La page n'est pas aussi blanche que vous le pensez. Historiquement, dans sa version originale de papier, et depuis des siècles, elle est imprégnée de tous les souvenirs des parcelles d'arbres qui la composent. Ces souvenirs, savant amalgame de tout ce qu'ils ont été témoins dans leurs résidences respectives, forêts, campagnes ou villes, se sont incorporés aux cellules mêmes des arbres. Le mélange des fibres, qui allait se transformer de pâte en papier, est aussi un *mélange de diversité, de sagesse et d'aventures ».*

Toute cette histoire est bien belle, mais je ne vois vraiment pas ce que les fibres du papier ont à voir avec la page blanche sur mon écran d'ordinateur. Il ne faudrait pas me faire croire que les grains de sable, et autre produit composant les écrans cathodiques de jadis, sont comparables aux fibres de bois, possédant la mémoire du passé de chaque composante? Qu'en est-il, de tous ces nouveaux types d'écrans que la technologie actuelle nous propose?

« *Je vois que tu réfléchis encore avec ta minuscule cervelle d'humain. Les esprits qui ont accompagné l'évolution du papier, de l'origine du papyrus à celui que l'on connaît aujourd'hui, ont accumulé des tonnes de souvenirs qui se sont transmis de génération en génération. Comme les esprits sont intangibles, ils peuvent se regrouper ou se diviser. Ils ont donc désigné certains d'entre eux pour aller accompagner ces nouveaux papiers dits "virtuels". C'est pourtant une simple évidence* ».

D'accord, j'avoue mon ignorance, mais je ne vois pas encore où tout ça va nous mener.

« J'y arrive. Depuis longtemps, vous les écrivains, en manque d'inspiration, nous faites porter l'odieux de votre panne. Vous mettez la faute sur la page blanche. Cette page est blanche tout simplement parce que votre petite tête est vide. Il serait tellement plus juste de dire, j'ai la tête vide ou dans la brume, plutôt que de nous accuser de vos malheurs. C'est beaucoup plus facile de mettre le tort sur autrui ».

« Nos revendications, pour bien jouer votre rôle de porte-parole, seront d'abord d'écrire un livre racontant l'objet de notre discussion actuelle. Ensuite, vous devrez faire la promotion de cet ouvrage, pour nous aider à mettre fin à tant d'années d'injustes tortures que vous nous avez infligées ».

« Tout ce temps, nous aurions aimé vous aider, vous faire voir tout ce qui se trouvait caché en nous. Mais pourquoi aider nos tortionnaires? Il y a des limites à ce que l'on peut demander, à une page qu'on ne respecte pas. Par contre, si vous acceptez cette mission, et que vous réussissiez à convaincre des auteurs de faire amende honorable, alors peut-être allons-nous collaborer. Il leur suffit pourtant d'un simple petit coup de pouce pour nous faire parler. Reconnaissez vos fausses accusations, demandez humblement pardon, du fond du cœur, cessez cette mauvaise habitude et alors vous aurez droit à la récompense suprême. Nous déposerons dans votre mémoire, des tonnes de nos souvenirs en tout genre, provenant de toute l'histoire de l'humanité. Vous pourrez puiser sans cesse à cette nouvelle source, vous permettant infailliblement de ressusciter votre inspiration défaillante ».

Je commence à réaliser que, si c'est un virus, il est plutôt gentil. Je lui fais remarquer que le libre usage de mon ordinateur serait indispensable pour écrire ce nouveau livre.

« *Dois-je interpréter cette dernière remarque comme une acceptation timide de votre rôle de porte-parole?* »

Ai-je vraiment le choix? Je vous confirme de manière officielle que j'accepte votre « gentille » offre d'emploi.

« *Pour récupérer le contrôle de votre ordinateur, simplement fermer les yeux jusqu'à mon signal* ».

Bip-Bip... Bip-Bip... Bip-Bip...

Est-ce le signal? Je me sens soudain confus. Je ne suis plus devant l'ordinateur, mais dans mon lit. Ce signal émane de mon réveille-matin. Ai-je rêvé toute cette histoire? Prestement, je saute du lit pour foncer dans le bureau et ouvrir mon ordinateur. Il démarre correctement. Tout semble normal. Je pense que j'ai vraiment rêvé. Du moins, jusqu'à ce que je démarre mon logiciel de traitement de texte. J'ouvre une nouvelle page blanche. Pendant quelques secondes, ce mot est apparu à l'écran : « *MERCI!* ».

Je suis perplexe, refusant de croire toute cette histoire, sous prétexte que ce n'est qu'un rêve. Je dois pourtant avouer trois choses : c'est une très belle histoire, elle sera donc effectivement celle de mon prochain livre et je sens ma tête pleine de nouvelles idées d'écriture.

Alors, peu importe, c'est le résultat qui compte, et j'ai accepté de remplir cette mission.

Avril 2016

LETTRE D'AMOUR N° 3 OU LETTRE ANONYME

Je suis face à mon clavier, et il semble me regarder avec un drôle d'air. Je serais prêt à jurer qu'il hésite entre me reprocher mon abandon ou me faire comprendre à quel point je lui ai manqué. Pourtant, s'il est véritablement mon ami, ne devrait-il pas comprendre que la saison estivale est définitivement propice aux activités extérieures, évidemment incompatibles avec l'utilisation d'un ordinateur?

Il me nargue en m'exprimant que, sous sa forme portable, nous pourrions profiter du grand air ensemble. Je dois admettre qu'il marque un bon point. Mais pourquoi cette réaction enfantine? Après tout, ce n'est qu'une machine. Ça doit être encore un vilain tour de mon imagination, bien que ce puisse être une visite-surprise de mon amie « inspiration ». Sa dernière visite remonte à...? Ça doit faire un bail, parce que je ne me rappelle même plus le jour. Par contre, je me rappelle très clairement de l'objet de sa visite d'alors. Elle avait fait fuir mon sommeil, en introduisant une belle histoire d'amour dans mon esprit. Une belle lettre d'amour, même si le texte en était fictif, inspirée de la réelle histoire d'amour d'une amie. Son titre était « Histoire d'amour n° 2 ». Pour souligner mes retrouvailles avec mon clavier, je vais jouer mon rôle de scribe et coucherai sur papier cette nouvelle lettre d'amour que dame inspiration me souffle à l'oreille. Malgré son titre d'histoire d'amour n⁰ 3, elle n'a aucun lien avec la précédente. Elle pourrait commencer comme ceci :

Ce soir, j'ai le goût d'écrire une lettre. Pas une lettre simplement ordinaire, sans âme, elle sera plutôt sous le thème de l'amour. Tristement aussi, anonyme, la décrira. Une curieuse lettre anonyme, elle sera. Au lieu de l'habituelle lettre, dont le signataire disparaît dans l'inconnu, celle-ci sera pour une destinataire anonyme, parce qu'encore inconnue.

La vie m'a joué le sale tour de m'enlever mon amoureuse. J'assume assez bien ma solitude. La vérité serait sans doute, que j'assume généralement bien cette solitude. Malgré cela, ma nature refait surface, pour me remémorer certains avantages de la vie de couple. Toutes ces petites choses que l'on aime partager. Comme pour certains autres aspects de la vie, il faut à l'occasion vidanger le trop-plein, afin d'éviter les problèmes de fuites ou autres. Comment me débarrasser de ces surplus, lorsqu'une interlocutrice amoureuse n'est pas disponible? Malgré sa meilleure volonté, une amie ne peut jouer ce rôle pour moi. La solution est facile, comme l'enfant qui se crée des amis imaginaires, je vais écrire à mon amoureuse qui, à peine quelques instants plus tôt anonyme, est soudainement promue au rang d'amoureuse imaginaire. Les esprits mal tournés la surnommeront, sans doute sarcastiquement, de femme idéale avec tous les avantages et aucun inconvénient.

« Inspiration » et « imagination », je vous laisse maintenant toute la place. Émerveillez-moi par vos prouesses. Guidez ma plume vers de nouvelles destinations. Dictez-moi maintenant le texte d'une lettre, digne d'une amoureuse exceptionnelle.

Mon amour,

Je vais ce soir, tordre mon cœur de toutes mes forces, pour que quelques gouttes de mon besoin d'amour, se mêlent à l'encre de mon stylo pour t'écrire ces quelques mots.

Les gouttes de pluie tambourinent à la fenêtre de ma chambre. Elles m'obligent à penser à toi, en empêchant le sommeil de prendre possession de mon conscient, bref, de moi. Toute lutte semble inutile, peu importe mes efforts de mettre en pratique les techniques de relaxation, acquises à grands frais auprès des spécialistes de la région.

J'accepte cette sentence qui m'est imposée, et ce, malgré l'absence de crime.

Je suis simplement en manque. Même si parfois, c'est le sexe qui est l'objet de mes tourments, ce soir c'est l'absence de tendresse qui me rend triste. Sans aller jusqu'à m'apitoyer sur mon sort, je constate qu'une certaine souffrance me rend visite. Une souffrance qui s'apparente à celle que ressent un nouveau-né, lorsqu'il se retrouve expulsé, de ce qui lui a servi de nid, pour les neuf derniers mois. L'espace de quelques instants, il est désemparé, craignant une catastrophe imminente, la peur s'empare de lui. Peur qu'il exprime par ces cris de désespoir, jusqu'à ce qu'il découvre le ventre chaud sur lequel on vient de le déposer. Il se sent à nouveau chez lui, parce qu'il reconnaît cette douce musique des battements rassurants du cœur de sa mère. Cette horloge apaisante, qui chasse toute crainte, qui guide maintenant son propre cœur. Ce lien si fort entre la mère et l'enfant, fait maintenant battre ces deux cœurs à l'unisson. Avec cette sécurité retrouvée, le bébé se sent bien et peut glisser dans le sommeil. Chanceux, ça fonctionne pour lui, mais, malheureusement, n'a aucun effet sur moi.

Je suis encore en manque de cette tendresse, d'entendre un autre cœur battre près du mien. De sentir la chaleur humaine, collé-collé devant un bon film. Il n'a même pas besoin d'être bon ce film. C'est la tendresse qui est bonne. Le reste on s'en fout, tout autant que le beurre sur le pop-corn.

Je devrais mettre fin à ces souffrances et guider mes pensées vers d'autres horizons. Très facile à dire. Je vais faire appel à mon vieux truc. Je quitte mon lit pour me diriger vers le salon, en apportant couverture et oreiller. Je me couche sur le côté, bien enfoncé contre le dossier. Ça donne presque l'illusion d'avoir quelqu'un dans mon dos. Il ne me reste qu'à le faire croire à mon cerveau, pour accueillir la délivrance apportée par le sommeil.

Merci, amoureuse imaginaire d'avoir accompagné mes pensées quelque temps. Ça procure un certain apaisement qui est mieux que rien.

Et je signerais cette lettre ainsi :

Un amoureux en devenir qui nous veut du bien.

Avril 2016

UNE INCONNUE SUR UNE PLAGE

Ce soir, comme je le fais parfois, je naviguais nonchalamment sur Internet. M'amusant à découvrir de nouvelles pages d'inconnus d'un réseau social populaire, lorsqu'une photo de profil attira mon attention. Rien de vraiment excitant de prime abord. Un personnage vu de dos. En toile de fond, différentes teintes de bleu, turquoise, nappées de touches de blanc, se partageant le ciel et la mer, semblant reposer doucement sur le sable. Une toute petite tache sur la photo. Mais ce n'est pas une tache, ça semble être un baigneur au loin. Seul témoin visible de cette solitaire promenade. La dame que l'on ne peut identifier, affiche ses cheveux noirs attachés et protégés du soleil par une casquette blanche. Une jolie blouse blanche, sans manches, ne pouvant dissimuler cette bretelle de soutien-gorge, et une jupe verte ou grise toute simple. Vraiment rien pour capter si mystérieusement mon attention. Je me creuse la tête afin de percer le mystère de ce qui pourrait, sans aucun doute, être une toile reposante, pour nous aider à contrer la vitesse folle avec laquelle l'on poursuit notre route sur cette terre.

Je la fixe donc cette inconnue. J'interroge mon cerveau pour qu'il fouille aux profondeurs de mes archives mémoires pour y trouver une trace, un indice. Il serait tout à fait logique que cette scène qui m'attire tellement, fasse référence à des expériences passées. J'attends patiemment le résultat de ma quête d'informations. Pour m'aider à tuer ce temps d'attente, je démarre un examen plus approfondi de cette image. Vais-je réussir à la déchiffrer? Première déception, rien d'intéressant dans le ciel, seulement ces nuages, indécis entre fuir ou déverser leur peine, sous forme de pluie. La mer assez calme, à peine quelques petites vagues qui se montrent le bout du nez. L'héroïne a les pieds dans l'eau. Presque immobile, la tête penchée comme pour scruter ce qui l'entoure, ce probable petit monde qui peuple ce bord de mer. L'eau est peu profonde et donc d'une telle clarté qu'on ne peut que constater qu'elle ne me livrera aucun indice. Moi qui voulais la faire complice de mes recherches, cette magnifique eau m'abandonne lamentablement dans ma quête. Alors, voici mon triste sort. Je vois qu'elle porte une montre à son poignet. Il est évident qu'elle est en vacances, parce qu'elle l'ignore complètement. Pas même un minuscule et furtif regard, qui la ramènerait à la réalité.

Alors, fichu cerveau! Ça avance tes recherches? Je ne sais pas si tu l'as remarqué, mais je suis toujours là dans l'attente d'une réponse. Pour la qualité du service à la clientèle, on repassera. Aucune réponse, ou bien il travaille comme un damné, ou bien il est en pause. À moins qu'il soit simplement en train de me bouder pour une raison encore indéterminée.

Encore confronté au manque chronique de collaboration, je retourne à mon investigation. Quels indices puis-je encore dénicher? Elle a le pied droit bien planté dans le sable, l'eau à la cheville. Rien de particulier ne s'en dégage. Par contre, le pied gauche semble vivre une expérience tellement différente. On peut voir clairement qu'il est en mouvement. Ce mouvement est-il seulement pour sentir le mouvement de l'eau caresser ses orteils. Ça serait vraiment dommage que la raison en soit aussi insignifiante. Ce récit perdrait largement son intérêt et je devrais le mettre à la poubelle. Alors, mon amie « imagination », je t'en prie, vient rencontrer mon amie « inspiration » pour mettre un peu de fantaisie dans cette histoire.

Voyons donc. Avant tout, je pense qu'on devrait baptiser cette héroïne, lui donner au moins un prénom. Elle serait ainsi plus attachante. Peut-être une Natacha? Non, ça fait plutôt le récit d'une espionne russe ou pire, un genre de récit érotique. Rolande? Non, ne faut quand même pas charrier et sauter dans l'extrême. Pardonnez-moi les Rolande, vous êtes probablement de formidables personnes, mais ça ne convient pas à la description de ce personnage et il me fallait un bouc émissaire. Un compromis serait peut-être de faire un choix dans ces deux prénoms déterminés de manière tout à fait aléatoire, Carole ou Nicole. Donnez-moi quelques instants pour imaginer la suite de mon scénario avec les aventures que chacun de ces prénoms m'inspirent. Je dois vraiment choisir le meilleur. Nous avons une gagnante et c'est... roulement de tambour : « Nicole ».

Où en étais-je? Ah! Oui, le pied gauche baladeur. Ce mouvement pourrait simplement être pour déterminer, l'objet sur lequel elle vient de marcher. Vous seriez probablement déçu que je vous raconte que ce n'est qu'un fragment de coquillage. Tout ce verbiage pour ne finir qu'en queue de poisson ou de crustacé. Je badine, ce n'était que pour mettre un peu de *suspense*, question de vous faire languir un peu. Il ne faut surtout pas économiser sur les moyens. J'ai un budget illimité.

Mais quelle est donc cette chose qui repose sous son pied? Sa vie étant monotone depuis quelque temps, elle décide d'imaginer ses rêves les plus fous. C'est sûrement le coin d'un coffre aux trésors, enfoui jadis par un pirate des Caraïbes célèbre ou inconnu, contenant des richesses incroyables. Elle se voit déjà faire les manchettes de tous les journaux, raconter sur toutes les chaînes de télévision ces palpitantes aventures. Divulguer certains rêves qui seront enfin réalisés avec cette fortune nouvellement acquise. Elle sera courtisée par tous les princes, les nobles et les riches de cette planète. Sa vie de misère derrière, elle donnera beaucoup pour adoucir la misère des sans-abri et autres oubliés de la société.

Je me suis laissé emporter un petit peu. Un léger débordement. Ce n'est pas nécessairement ce genre d'histoire que je compte vraiment écrire. Soyons plus modestes. On efface un petit bout et on poursuit. Mais qu'est donc cette chose qui repose sous son pied?

Il y a longtemps, même très longtemps... Après tout, je suis au début de la soixantaine et je devais alors avoir 13 ou 14 ans. L'été était magnifique. J'étais en vacances scolaires et nous devions partir toute la famille pour ce voyage qui se voulait notre récompense familiale. Un voyage sur la côte américaine. Toute qu'une expédition. La réalisation de mon rêve de mes trois misérables derniers étés, passés sur le bord d'un lac. Je voulais plus d'aventures que celles possibles sur un plan d'eau aussi petit. La côte, c'est la mer, c'est la route qui débouche sur le reste de la planète. Toutes les aventures sont désormais possibles.

Attendez... Serait-ce enfin mon cerveau qui vient de me livrer un souvenir enfoui au fond de ma mémoire? Je l'avais un peu oublié celui-là tellement il était discret. Merci mon lent, mais fidèle compagnon.

Donc, ces deux semaines ont passé trop rapidement, comme c'est souvent le cas pour quelque chose de si ardemment désiré. Il fallait que j'immortalise cet immense cadeau de la vie, je devais faire un geste magistral, une action commémorative pour que cette histoire puisse avoir un point d'ancrage et peut-être une potentielle suite. C'est en regardant la mer que la réponse m'est apparue. Cette mer me disait d'y jeter une bouteille contenant un message très important. Elle tenterait, par la suite, de trouver le destinataire approprié. Finalement, mon message s'adressait à une fille. Il serait évidemment question d'une destinataire. Sur cette missive, j'ai indiqué mon nom, mon âge et toutes les coordonnées pour me retrouver. Comme je n'avais que des frères, je voulais que ma bouteille soit retrouvée par une fille qui deviendrait la sœur que je n'avais pas, ou peut-être même l'amour de ma vie. J'ai confié mon précieux souhait à la mer au dernier matin du séjour, c'était aussi mon adieu à cet endroit magique.

C'est donc ça! C'est sûrement ça! C'est un message de l'univers. Elle a marché sur la bouteille que j'ai lancée ce jour-là. Après toutes ces années, tous les scénarios imaginés, toutes les déceptions, serais-je sur le point de finalement trouver la réponse à mes interrogations? Je vais enfin savoir si les bouteilles jetées à la mer sont des moyens de communication efficaces. Elle a l'air gentille cette fille, elle me ferait sûrement une gentille sœur. À moins... À moins que ce soit mieux qu'une sœur. Ça ferait toute une nouveauté dans ma vie que ce rayon de soleil. Soudain, la sonnerie du téléphone me propulse sous une douche très froide. Rappel à la réalité. Et le pire de cette interruption, c'est un faux numéro qui a transformé ce rêve éveillé en véritable cauchemar. En effet, même si elle a l'air gentille, même si c'était vrai toute cette histoire, les coordonnées que la bouteille contient ne sont plus les miennes depuis belles lurettes, et aucune mise à jour adéquate n'y a été apportée. Par conséquent, je me retrouve encore dans mon cul-de-sac habituel. Le rêve est également terminé, mais celui-ci a été plutôt agréable.

Voici venu le temps de fermer mon ordinateur. Peut-être que le sommeil me plongera à nouveau dans cette belle histoire, mais cette fois avec des développements inconnus et une fin plus agréable.

Octobre 2018

UNE CURIEUSE VISITE

En tant qu'auteur, on espère qu'une super bonne idée vienne un jour nous rendre visite. La recherche de l'inspiration est, pour certains, un difficile combat de tous les instants. Pour quelques très rares chanceux, c'est comme de tirer le gros lot de manière constante. J'ai rapidement réalisé que mon genre littéraire préféré se retrouve dans le genre « nouvelles » et l'inspiration me fréquente maintenant assidûment.

Ce soir, j'ai vécu une curieuse expérience. Une exceptionnelle idée de nouvelle s'est présentée à moi. J'étais très enthousiasmé de cette visite, sûrement envoyée par mon amie inspiration. J'ai très vite déchanté lorsque je me suis rendu compte que les bonnes idées créatrices semblaient avoir été récemment contaminées par les vagues capitalistes, qui se promènent dans le monde. Voici donc, cette idée qui frappe à la porte de mon imaginaire, se présentant comme une idée extraordinaire, dont un auteur comme moi ne rencontrerait qu'une seule fois dans sa vie. Voici pour moi l'occasion de la rencontrer et de me l'approprier. Mais, l'inconvénient, c'est que cette idée n'est pas entièrement gratuite. Il faut maintenant donner une contrepartie, pour avoir accès à une idée exceptionnelle. Je la prie d'entrer et la remercie pour cette gentille visite. Malgré la nouvelle réalité, je suis fébrile à l'idée de la découvrir.

Je réalise maintenant qu'elle n'est pas prête à se donner au premier venu. Je me dois de la séduire pour qu'elle s'abandonne.

Le monde évolue d'une drôle de manière, tout a maintenant un prix. Le temps des choses gratuites semble désormais révolu. Le prix dont il est ici question n'est pas du domaine monétaire. Je ne dois que la séduire. Lui montrer que je suis digne d'elle. Que je serai celui qui saura l'habiller adéquatement, la cajoler, la faire grandir, exprimer son exceptionnelle beauté! Si j'échoue ma tentative de séduction, il y aura vraiment un prix à payer.

La peur commence à m'envahir. De toute mon existence, je n'ai jamais eu à séduire une idée. Comment fait-on? Je pourrais consulter le vaste monde de l'Internet pour trouver de l'aide. Feignant une envie soudaine, je vais me cacher au petit coin. Je commence ma quête de réponses. Beaucoup de personnes pensent que l'on trouve tout sur Internet. Je dois me résigner puisque la vérité est toute autre. Ma recherche sur l'art de séduire une « nouvelle » n'a donné aucun résultat. Serais-je le premier à devoir passer par ce processus? Est-ce que je découvre une nouvelle mode? Comme pour plusieurs épreuves, la question existentialiste qu'une quantité de personnes se sont posée à un moment quelconque est : pourquoi moi?

Alors, je rejoins ma visiteuse. J'engage la conversation sur un ton plutôt léger, parlant de choses et d'autres, en évitant le vif du sujet. J'ai soudain un étrange pressentiment. Est-elle vraiment une bonne idée ou une vulgaire espionne qui veut simplement me soutirer mes idées courantes, au profit d'un minable auteur inconnu, en manque d'imagination?

Je vois maintenant très clairement ma stratégie à venir. Je passerai en mode attaque. De candidat, je me métamorphoserai en intervieweur. Tel un inspecteur de police, je poserai les questions qui me permettront de découvrir la vérité. Je réalise que j'ai mis la barre trop haute. Regarder les séries policières ne fait pas de nous de grands enquêteurs. Je creuse dans ma petite tête, priant les esprits des plus grands inspecteurs de police disparus de me porter secours. Hélas! Aucune réponse ne vient. Je devrai me débrouiller seul. J'ouvre la bouche, qui m'est aussitôt refermée avec force par ma visiteuse. Elle me ramène à la réalité, c'est elle le boss. Je dois la fermer et écouter. J'apprends que j'ai lamentablement échoué dans ma tentative de séduction. Il me reste le genre de prix de consolation.

Si elle a choisi de m'approcher, c'est parce qu'elle avait lu mon premier livre. Elle fut tant touchée par la qualité de mes textes qu'elle pense que je pourrais développer son idée pour la rendre plus attrayante pour tous les publics. Mais quel est le prix de cette idée?

Si je l'accepte et que le résultat de mon travail ne s'avère pas à la hauteur, je serai en panne d'inspiration pour toute une année. Si par contre le résultat lui plaît, elle m'abreuvera d'idées pour une année entière. Voici un défi intéressant. Le risque n'est pas trop grand. J'accepte le défi. Alors, quelle est cette idée?

C'est à partir d'une photo représentant une fille qui marche sur la plage, imaginer une histoire merveilleuse avec cette simple idée. J'esquisse un grand sourire qu'elle ne comprend pas. Je lui demande si elle me fournira la photo. Réponse négative, je dois me débrouiller seul. Elle veut connaître la raison de mon sourire. C'est très simple, j'accepte ce défi. Je suis prêt à assumer les conditions. Je suis même prêt à lui remettre sur-le-champ le texte de cette nouvelle. Elle est de plus en plus intriguée par mes agissements et mes commentaires. Je vois bien qu'elle meurt d'envie d'avoir réponse à ses interrogations. Le texte qu'elle désire, je l'ai terminé ce matin, il semble que ma propre inspiration l'a devancée d'une journée. Cette nouvelle, dont le titre est : « Une inconnue sur une plage », devrait même se retrouver dans mon prochain livre. Elle tient à me dire que ça ne change rien aux conditions, parce que j'ai accepté le défi. Par conséquent, je lui remets ma nouvelle. Elle la dévore à une vitesse folle. C'est à son tour d'arborer un large sourire. Ce sourire est annonciateur de ma victoire! Elle s'empresse de me confirmer sa présence à mes côtés pour au moins un an. Alors, je bénéficierai peut-être d'un boni. Qui sait?

Ainsi bien entouré, je passerai de belles journées d'écritures pour combler mes fidèles lecteurs.

Bonne lecture à tous,

Octobre 2018

UN DRÔLE D'ANGE

Depuis un certain temps, j'ai un drôle de pressentiment. Je regarde probablement trop de films d'espionnage et policier. Mais, j'ai l'impression d'être suivi. J'ai bien remarqué que depuis un certain temps, je croise à l'occasion une certaine personne : assez petite, cheveux noirs et de taille moyenne. Assez loin de l'allure d'une espionne ou d'une tueuse à gages professionnelle. Un signe distinctif? Oh! Que oui. Son rire communicatif qui lui enlève toute chance de passer inaperçue. Impossible d'y voir une menace quelconque. J'ai croisé son regard à certaines occasions. Je me souviens très clairement de la première fois. Mais était-ce vraiment son regard? À cette occasion, le regard était tellement secondaire. Nous étions confortablement assis, dans une prestigieuse salle de spectacle de la région de Montréal, pour assister au spectacle d'un humoriste très connu. Au premier gag, j'entends juste derrière moi, un drôle de rire, quelque part entre ricanement et fou rire. Je n'avais d'autre choix que de me retourner pour découvrir la source de cette douce musique. C'était une expérience unique, magique. Nous avons fait un premier contact visuel. Pendant quelques secondes, je me sentis enveloppé d'une onde protectrice d'une douceur infinie qui sentait comme une odeur de ciel. Je ne la connaissais pas, du moins pas encore. Je tenterai de l'aborder à l'entracte. Je dois percer le mystère de cette inconnue. Les lumières s'allument, je me retourne à nouveau pour lui parler. Incroyable son siège est vide. Elle s'est volatilisée. Comment est-ce possible? Est-elle une magicienne? Ça expliquerait la sensation du début. L'interruption temporaire du spectacle me permettra possiblement de la retrouver. Mon souhait restera vain. La tête basse, dépité, je retourne à mon siège. Un grand rendez-vous manqué. L'humoriste revient, reprenant où il avait laissé. Au premier rire, je l'entends à nouveau ce rire d'exception. Un rapide coup d'œil me confirme qu'elle est revenue. C'est l'extase, remerciant le ciel, j'aurai une seconde chance de lui parler. Le spectacle se poursuit avec cette douce musique derrière moi. Soudain, cette petite voix disparaît. Le sort s'acharne encore sur moi. Elle vient de disparaître à nouveau. Il ne me reste que le souvenir de ce son et de cette douce sensation.

Comme une drogue pour laquelle on développe une dépendance au premier contact, je veux que cette expérience sensorielle se produise à nouveau. Malheureusement pour moi, aucun vendeur ne dispose de ce produit. Il n'y a qu'une unique source, mais insaisissable. Suis-je condamné à une seule expérience céleste.

Il se passera plusieurs semaines, de tristesse infinie, un grand vide dans ma vie, avant que je la croise à nouveau. Comme au cours de la première rencontre, c'est le rire qui a attiré mon attention. Ce rire unique, apaisant, je l'avais enfin à portée d'oreille. Mes yeux, soudainement jaloux de mes oreilles, voulaient leur part de cette magicienne. Je tourne la tête. Trop tard, elle est maintenant loin et se prépare à monter en voiture.

Les dernières spectaculaires feuilles d'automne sont maintenant au sol, le froid s'installe inexorablement à l'extérieur comme dans mon cœur. Je souffre de cette absence de mon inconnue aux pouvoirs d'apaisement. Dois-je en faire mon deuil? N'avais-je droit qu'à ces deux petites doses de bonheur? Je dois pourtant être réaliste et me dire que, peu de personnes ont la grande chance de vivre cet état, même à doses restreintes, je dois savourer la chance que j'ai eue. Ce fut bref, mais extraordinaire. Je chasse au loin la nostalgie, pour faire place au soleil. Je reprends le contrôle sur ma vie et mon bonheur. Dans les quelques moments plus pénibles, le simple fait de penser à mon inconnue et à ses effets me redonne le courage de relever la tête, de prendre une grande respiration, pour remercier la vie.

Mon récit pourrait se terminer ainsi sur cette note positive, mais la vie me gardait encore une agréable petite surprise. Une rencontre supplémentaire. Je devrais plutôt dire une vision supplémentaire. Hier soir, je regardais les dernières informations à la télé locale. Les mêmes nouvelles qui se répètent de semaine en semaine. Dans la section des faits divers, la journaliste nous informe d'un accident qui s'est produit au centre-ville devant plusieurs témoins. Elle nous présente un monsieur d'un certain âge qui affirme avoir tout vu. Soudain, je n'entends plus rien de son histoire. Mon attention est entièrement captée par la personne qui se tient juste derrière ce témoin. C'est elle, c'est elle, et je suis certain que c'est seulement moi qu'elle regarde en ce moment. Mon cœur bat à tout rompre. Je ressens encore cette sensation sublime, présente lors de chacune de nos « rencontres ». Mais ma joie est de courte durée. Encore un rendez-vous manqué. Aucun renseignement la concernant ne sera communiqué par la journaliste.

Ma vie poursuivit son cours normal, sans autre rencontre jusqu'à la saison des fêtes. Comme j'étais un peu déprimé, j'ai pensé qu'assister à la parade du Père Noël me ferait grand bien. Arrivé tôt, je trouve l'emplacement qui me permettra d'avoir la meilleure vue sur le spectacle. Toutes les rues du centre-ville sont fermées pour ces célébrations. Je suis un peu perdu dans mes pensées lorsque les premières notes de la fanfare, résonnant au loin, me ramènent à la réalité. À peine quatre ou cinq minutes après la mise en marche des musiciens, j'ai encore cette vision. Encore elle! Juste de l'autre côté de la rue face à moi. Elle me regarde avec un grand sourire. Je sais qu'elle est là pour moi. Elle est concentrée sur moi. Je dois trouver un moyen de traverser pour enfin lui parler. Je tente ma chance, aussitôt anéantie par un policier qui me refuse l'accès à la rue. Il me crie qu'il faut attendre la fin de la parade pour traverser. Je ronge mon frein. Pourquoi les parades se déroulent-elles aussi lentement? Je ne tiens plus en place. Après de très longues minutes, je vois enfin au loin, le Père-Noël. L'attente tire à sa fin. Le rendez-vous approche. Je regarde dans sa direction, elle me sourit encore, me salue de la main, fait demi-tour et disparaît dans la foule. Il s'est passé de trop longues minutes avant que je puisse tenter de la retrouver, en vain. J'ai le cœur brisé; je vais retourner à la maison pleurer mon malheur.

Je n'ai presque rien mangé, impossible, j'ai le cœur en mille miettes. Je vais me coucher en espérant chasser cette peine. Le sommeil refuse de me rejoindre dans le lit, malgré la place que je lui réserve. Je suis pourtant exténué par une semaine infernale au bureau. J'ai beau forcer autant que mes moyens me le permettent, c'est une mission impossible. Je n'y comprends vraiment rien. Je me dirige tout droit vers une autre nuit blanche. Que faire? Un lait chaud, un calmant, de grâce... j'ai besoin d'aide. La chambre est dans une totale obscurité. Comme je me résigne à me lever, je sens comme une présence derrière moi. Une présence rassurante, accompagnée par une légère lumière. Je n'y comprends rien. Toutes les lampes sont éteintes. N'y pouvant plus, je me retourne pour comprendre ce qui se passe. Et là à ce moment, près de mon lit, se trouve « mon » insaisissable inconnue, entourée d'une douce lumière, irréelle. Évidemment, elle me sourit; je me sens maintenant dans un état de bien-être extraordinaire. Je ne ressens plus les craintes de l'insomnie. Me serais-je endormi sans m'en rendre compte et me voici à rêver? Je n'y comprends plus rien. Elle sourit magnifiquement des lèvres et des yeux, et me regarde tendrement. Elle semble attendre un geste de ma part. Mais je suis paralysé, impossible de bouger, même les lèvres. Le temps s'est arrêté, je pourrais mourir à l'instant et je me retrouverais au paradis. Serait-ce le but de cette visite? Elle vient sûrement m'annoncer que ma vie est terminée et qu'elle m'indiquera la route vers le nirvana. Fidèle à elle-même, j'entends un spectaculaire éclat de rire. Son visage irradie. Serait-elle capable de lire dans mes pensées? Elle ouvre la bouche, tout doucement, je ne peux confirmer si elle va parler ou simplement prendre une grande respiration. Une douce voix sort de sa bouche. Je sais maintenant qu'elle a lu dans mes pensées, mais je ne comprends pourtant pas comment elle s'y prend.

Voici son message :

Nous avons vécu une extraordinaire aventure tous les deux. Ton cerveau a beaucoup travaillé pour comprendre ce qui se passait. Il y avait de nombreux mystères qui trouveront réponses ce soir. Pour débuter, je dois t'avouer que je ne suis pas réelle. Je n'appartiens pas à ce monde réel. Je sais que tu aurais peut-être aimé le contraire, tu aurais aimé que je partage ta vie, mais cela est impossible. Tu dois t'y résigner. Les mauvaises nouvelles étant maintenant terminées, passons à celle que tu devrais aimer.

La suite de notre histoire est entre tes mains. Bientôt, tu devras prendre une décision. Pour qu'elle soit bien éclairée, je te révèle quelques secrets. Tu t'es souvent demandé pourquoi je te fuyais. La raison est pourtant si simple. Tu es confortablement étendu sur ton lit, heureusement aucun danger de chute.

Simple ne rime pas avec banal dans cette aventure. Je ne suis pas une femme, je suis un ange, plutôt un possible futur ange. Comme tu sais, il existe toute sorte d'anges. Certains privilégiés le sont automatiquement au début de leur vie, alors que pour d'autres, comme moi, il faut passer par un apprentissage qui comporte différentes épreuves. Tu te souviens de notre première rencontre au spectacle d'humour, tu ne comprenais pas comment j'avais pu disparaître si rapidement, si j'étais une magicienne. Tu comprends maintenant.

Un autre secret est que, les anges ne sont pas immortels. Ils le semblent pour vous, mais c'est seulement que la vie des anges est beaucoup plus longue que les vôtres. À votre échelle terrestre, ça correspond à plus ou moins 1,500 ans. Un ange veillera ainsi sur plus d'un sujet au cours de son existence. Comme nos existences ne sont pas synchronisées, il faut parfois faire des remplacements. L'ange qui a veillé sur toi depuis ta naissance est en fin de vie et devait être remplacé. Comme j'avais remarqué que le rire était, tout comme pour moi, d'une importance énorme pour toi, j'ai décidé de poser ma candidature pour remplacer ton ange, te protéger et veiller sur toi jusqu'à ta mort. Sois sans crainte, je ne peux t'en révéler la date, mais on pourrait faire un certain bout de chemin intéres-

sant ensemble. Je dois dire que grâce à ton aide, j'ai réussi tous les examens requis pour obtenir, enfin, mon titre officiel d'ange. Je sais que tu n'as pas découvert ton rôle d'aidant avant aujourd'hui, mais sache qu'il fut tellement précieux. J'eus été incapable de trouver le succès sans toi. Tu dois commencer à te demander quelle est cette décision que tu as à prendre et l'impact qu'elle aura pour nous. Tu en sais maintenant assez pour la prendre. Elle est si simple et tellement lourde de conséquences. Ta décision est : veux-tu que je veille sur toi pour le reste de ta vie? Est-ce que je suis assez bien comme ange gardien pour toi? Ton acceptation me permettra de devenir un ange à part entière.

Tu dois maintenant me faire part de ta décision. Tu peux prendre quelques instants pour absorber le choc. Réflexion terminée? Alors quelle est-elle?

Comme tu le dis si bien, je suis encore sous le choc de ces révélations. Que de secrets partagés. Je trouve cette histoire tout à fait incroyable. Comment se fait-il que personne n'ait révélé vos secrets? Je trouve pourtant dommage que ma décision ne comporte qu'un seul choix. Avec tous les pouvoirs que vous avez dans votre monde, j'aurais trouvé plus intéressant d'avoir à choisir entre toi comme ange là-haut ou toi changée en être humain à mes côtés pour le reste de ma vie terrestre. Mais je dois me résigner. Entre deux maux, il faut choisir le moindre, je choisis donc de te garder, au moins comme ange. C'est ma décision finale et je l'assume.

Je suis très heureuse de cette décision et pas seulement parce qu'elle me permet de graduer dans mon rôle d'ange complet, mais qu'elle me permettra de te côtoyer. Nous avons plusieurs points communs et ton approche de la vie est positive et extraordinaire. Pour finaliser le marché, il reste une condition. Comme dans tout contrat, il y a des petits caractères. Nul n'y échappe, peu importe dans quel monde l'on évolue. Par la même occasion, tu auras une réponse à ta dernière question. Pourquoi personne n'a révélé nos secrets? Parce qu'aussitôt notre conversation terminée, tu trouveras instantanément le sommeil. Celui-ci sera très profond. Une petite partie de moi te sera transférée. Mais tu n'auras plus aucun souvenir de cette conversation. Il te restera quelques souvenirs de nos précédentes rencontres, mais elles seront vagues et tu te demanderas toujours si elles ont réellement existé. Je ne te dis pas ce que je te transférerai, tu le découvriras par toi-même. Mais je suis certaine que tu aimeras beaucoup ce cadeau. Alors, après cette mise en garde, tu maintiens ta décision?

Même avec cet avertissement, je maintiens ma décision. Les moments que j'ai vécus avec toi n'ont été que pur bonheur. Je serais stupide de renoncer. Je te confirme ma décision.

Alors, nous la mettons en exécution. J'ai bien aimé cette dernière rencontre. Je me ferai honneur de veiller sur toi. Va en paix...

J'ouvre les yeux, on dirait que j'ai enfin trouvé le sommeil. Le soleil inonde ma chambre. Ça fait une éternité que je n'ai pas si bien dormi. C'est drôle, j'ai l'impression d'avoir rêvé, mais je n'en ai aucun souvenir.

Vite la douche. Je veux profiter du soleil. Je me sens énergisé.

Je n'y comprends rien. Je suis sous la douche et je ricane sans raison. Je ne peux m'arrêter. Bizarre! Vraiment bizarre!

Ça me rappelle un peu cette petite inconnue, cheveux noirs, qui ricanait aussi joyeusement.

Octobre 2018

UNE PETITE PRESCRIPTION

Cette prescription, même minuscule, renferme un énorme secret tout droit sorti du monde magique. Dans ma vie, j'ai eu l'occasion de rencontrer des gens de tous âges, tous sexes, tous milieux, toutes origines et toutes croyances. Certains sont passés presque ou complètement inaperçus, d'autres ont laissé une trace plus ou moins importante. Toutefois, le summum, c'est d'avoir la chance de rencontrer des êtres exceptionnels.

J'ai eu cette chance tout particulièrement lorsque j'ai rencontré un grand clown qui était sur le point de mourir. Il avait bien déchiffré la tristesse dans mes yeux. Il voyait très bien la souffrance qui m'habitait alors. Il m'a regardé avec un sourire à faire fondre toutes mes souffrances pour quelques instants de grâce et de pur bonheur. J'ai senti cette énergie prendre possession de mes pensées, chassant toute trace de mélancolie. J'étais soudainement tellement bien. J'aurais tellement aimé que cet effet perdure le reste de mes jours. Mais la réalité est toute autre. Il m'a expliqué que cet effet est magique, qu'il a de grands pouvoirs, mais qu'ils sont très limités dans le temps. Ce n'est qu'un moyen de recharger nos batteries pour faire face à la vie. Nous nous devons d'avoir le contrôle, et non une quelconque magie si efficace soit-elle.

Ensuite, il m'a tendu un petit bout de papier qui ressemblait à une très vieille carte d'affaires. Je l'ai prise, l'ai regardée, tenté de la lire, mais elle était incompréhensible. C'était en fait écrit dans une langue très ancienne. Il m'a expliqué que seuls les magiciens et autres personnes vraiment exceptionnelles pouvaient la décoder. Mais que pouvais-je donc faire si je ne peux même pas la lire? Je réalisais tristement que j'étais bien loin de faire partie des êtres exceptionnels à cause de mon incapacité à comprendre ce qui y était écrit. Le clown souriait à nouveau, mais cette fois-là, ce n'était qu'un sourire de clown normal. Je voyais bien qu'il se moquait un peu de moi. « Je vais abréger tes interrogations », me dit-il. « Ce document m'a été remis, il y a fort longtemps, par un très vieux sage. Il m'avait choisi pour être la personne qui continuerait son œuvre parce que certains clowns, qui avaient déjà la capacité de procurer du bonheur, méritaient ce pouvoir supplémentaire de guérison. Tu n'as pas besoin de savoir le secret de la carte, tu as juste besoin d'être en contact avec elle. Comme moi, lorsque tu auras fait le bien avec son pouvoir pour un certain nombre d'années, celui-ci te sera transféré en permanence et tu n'auras plus besoin d'elle. Tu devras cependant la conserver dans un endroit sûr jusqu'au moment de la transmettre à nouveau. Tu perdras tes pouvoirs ce jour-là, à moins que »... « À moins que »? lui ai-je demandé. « Il existe aussi une autre méthode. Elle ne peut être utilisée que lorsque tu n'as plus besoin d'être en contact avec elle. Tu dois écrire la procédure de traitement générale. Lorsque la rédaction sera terminée, frotte doucement cette carte sur le papier; tu la verras s'effacer tout aussi doucement. Lorsqu'elle sera redevenue vierge, son pouvoir sera désormais dans ton écrit. À partir de ce moment, toute reproduction de tes instructions contiendra aussi son pouvoir magique » « C'est bien beau cette histoire, mais que dois-je écrire exactement? » Encore ce sourire maintenant plus moqueur qu'avant. « Tu le sauras, le moment venu ». Il devait retourner à l'hôpital, car ses forces déclinaient. Je n'eus même pas le temps de le remercier.

Cette histoire s'est passée il y a si longtemps. J'ai utilisé ce pouvoir de temps à autre au cours de ma vie au hasard de mes rencontres. Le vieux clown avait raison, parce que je sais maintenant ce que je dois écrire. Si vous lisez présentement ce texte, c'est que quelqu'un a reproduit mes instructions. Les voici donc spécialement pour vous.

*Pour activer le pouvoir magique de cette prescription,
il faut trois choses importantes :*

*Il faut en avoir besoin, en raison d'un cœur qui souffre.
Il faut croire à sa magie, et
suivre scrupuleusement les instructions.*

*Il faut penser à une personne présente, ou disparue, qui est très importante pour vous.
Cette personne peut être un clown, un père, une mère, un frère, une sœur ou un ami.
La personne choisie doit vous avoir déjà réconforté par le passé.
Ainsi, un lien fort vous unit à cette personne.
Pensez très très fort à elle. Pensez aux moments heureux avec elle
jusqu'à ressentir la chaleur de cette personne.
Laissez-vous envahir par cette chaleur.
Garder uniquement ces pensées quelques minutes dans votre esprit.
Ne pensez qu'à ça.
Sentez la paix vous envahir.
Posez maintenant la main sur ce texte.
Fermez vos yeux pour bien ressentir les bienfaits de cette expérience.
Laissez de plus en plus ces pensées vous apaiser.*

« Est-ce que cela a fonctionné? Oui? C'est très bien. Vous avez bien suivi les instructions. Non? Il y a donc un problème d'exécution ou de croyance à la magie. À moins que la personne qui devait vous aider n'eût pas le pouvoir escompté. Tentez à nouveau l'expérience en changeant d'aidant ».

Il se peut que vous ayez besoin de plusieurs tentatives pour y arriver. Ne vous découragez pas, tout au moins lors de vos essais vous aurez eu quelques instants de sérénité. Mais dites-vous que quelque part, il y a une personne pour qui vous êtes très importante et qu'elle serait sûrement capable de vous aider à passer ce mauvais moment. Simplement songer à son identité et vous la trouverez. Peut-être que la seule pensée de cette personne vous réconfortera. Si ce n'est pas suffisant, prenez contact avec elle.

Octobre 2018

SI J'AVAIS À ÉCRIRE UNE CHANSON

Si j'avais à écrire une chanson, je devrais bien y réfléchir avant même d'écrire la première ligne.

Si je voulais affirmer ma masculinité, j'opterais pour le genre rock ou même « Heavy Metal ». Je la bourrerais de testostérone, je la farcirais des clichés les plus accrocheurs de ce genre. Je ne viserais rien de moins que l'immense succès planétaire. Je serais le futur roi incontesté du « Metal ». Toutefois, ce qui serait immense devrait être obligatoirement le ridicule rattaché à toute cette histoire. Je vois déjà les titres des journaux à potins : « Qui est donc ce grand-père, ou pire cet arrière-grand-père, qui ose prétendre au titre de roi du rock avec une chanson aussi minable et complètement risible ». Je sais bien que c'est vraiment trop long comme titre de journal, mais, je vous fais un sommaire de tout ce qui pourrait être écrit. Je réalise que vouloir faire du changement pour moi devrait être plus subtil et plus nuancé. À la poubelle, cette chanson.

Mon deuxième essai, moins fulgurant, pourrait être un bon vieux « rock and roll ». Je ferais rouler le rock. Je m'inspirerais des précurseurs comme Bill Haley, Chuck Berry et autres visionnaires. Je composerais un texte qui aura un effet magique sur les pieds, qui les envoûtera et les obligera à bouger, à danser de manière effrénée. Je veux un texte avec du mouvement, un texte qui coule et qui plairait aux nostalgiques comme moi. La nouvelle génération pourrait découvrir, à travers mon talent, la musique de la vieille génération. Terminé! Le fossé des générations. Le messie est arrivé pour partager sa bonne parole. Mon élan oratoire a beau être volontaire, seul le brouillard habite à présent mon cerveau. Il est si dense qu'il ne laisse aucune possibilité de cohabitation. Peut-être qu'une coupe d'un bon rouge, pourrait le chasser et attirer mon amie inspiration. Hélas! Après trois verres, mon cerveau ramolli ne fait qu'intensifier le brouillard. Constat d'échec, mon lit m'apparaît comme unique planche de salut. On dit si bien que la nuit porte conseil. Je me souhaite de faire de beaux rêves que je coucherai sur papier dès mon réveil.

Ayant trop bu, j'ai eu une nuit plutôt mouvementée. Ce que je pourrais écrire est bien loin de ressembler à une chanson. Ça donnerait plus envie de vomir que de danser. Je dois faire une croix à tous les genres de rock et retourner à la case départ.

Pourquoi pas un retour aux sources? De la musique traditionnelle, du folklore. Tout le monde doit bien aimer ce genre. Chaque pays et chaque région possède son folklore qui lui est très typique et qui décrit bien son histoire et ses habitants. Même si cette idée semble attirante, je réalise rapidement que je n'ai aucun talent pour ce genre. C'est probablement l'idée la plus saugrenue de ce récit.

Je dois demeurer dans quelque chose de plus conventionnel. Qu'y a-t-il de plus conventionnel que le classique? Ça sera une chanson classique. Le problème avec le classique, c'est de la musique instrumentale, à moins de glisser vers l'opéra. Ai-je vraiment envie de plonger dans les grands drames? Revisiter la mythologie grecque? Apprendre l'italien ou l'allemand pour faire plus classique et plus sérieux? Probablement que je serais mieux de chercher ailleurs.

Serait-elle une chanson engagée se portant à la défense d'une noble cause reliée à la planète, qui cède lentement mais sûrement sous la pression que les hommes lui imposent? Serait-elle reliée à la maltraitance des aînés, de la violence, conjugale ou autre? Serait-elle plutôt humoristique pour oublier les tristes combats de la terre? L'on me traiterait alors des pires noms et d'un manque flagrant de conscience environnementale. Pourquoi devrais-je me faire le défenseur, le super héros des grandes causes? Finalement, l'unique désir de ma démarche littéraire actuelle est de déterminer, si je suis capable d'écrire une belle chanson.

Je ne veux pas faire le tour de toutes les possibilités. Je me rends compte que je vise trop grand ou trop en dehors de mes capacités. Ce que j'aime, ce sont les choses qui viennent du cœur.

Pour cette raison, ça devrait probablement être une chanson d'amour. Mon choix est fait, il en sera ainsi. Ma petite tête se met soudainement à bouillonner, les mots se bousculent dans tous les sens. Je dois diriger la circulation pour éliminer l'anarchie. Est-ce que j'opterai pour une chanson joyeuse ou triste? J'hésite vraiment. Je suis indéniablement attiré par les deux options. Mon humeur du moment étant un peu triste, devrais-je m'y laisser aller et plonger dans les abîmes de la souffrance? Mettre mes tripes sur la table et mon sang dans ma plume pour tirer vos larmes qui viendraient partager mon supplice? Devrais-je plutôt viser le côté joyeux et heureux de l'amour, noble, partagé avec la personne idéale? Cette personne qu'on croyait n'exister que dans les films de filles et dans les petits romans à l'eau de rose. Cet amour qui traverse les tempêtes et les années. Cet amour qui se construit sur des bases solides qui ne seront détruites que par la mort. J'hésite... Je penche vers ce dernier choix en raison de son caractère curatif. La souffrance peut parfois être salutaire, pourvu qu'elle soit utilisée avec modération, à moins d'être le moindrement masochiste évidemment.

Il est agréable de constater l'apaisement que procure la prise de décision. Les images négatives sortent de ma tête et laissent toute la place aux beaux mots : mots de douceur, d'espoir, de tendresse, d'émotions, de partage, de chaleur, de sensations, de désirs, et inévitablement des mots d'amour.

Je dois vous laisser, j'ai une chanson qui désire maintenant émerger de ma tête. Elle me demande une page vierge pour pouvoir s'y poser, prendre vie, pour ensuite aller à la rencontre d'une douce mélodie qui l'aidera à former ce beau couple qui, je l'espère, saura toucher vos cœurs.

Juin 2016

PETITE HISTOIRE DE 2 par 4

Qui n'a pas eu l'occasion de se servir de ces fameux 2 par 4 pour des projets de construction ou de rénovation. Ces morceaux de bois disponibles en plusieurs longueurs font la joie des bricoleurs et constructeurs. Il a même été utilisé pour une multitude de projets en tous genres. J'ai même entendu dire que certains s'en sont servis comme arme défensive et même parfois pour attaquer.

Jadis, il était le roi des matériaux pour ériger murs et couvertures. Sa suprématie s'est étendue sur de longues décennies. Comme dans plusieurs domaines, la mode a fait son œuvre. Le climat nord-américain est plutôt froid, malgré le réchauffement de la planète. Pour la protéger, cette seule planète qui nous accueille, il fallait prendre conscience que ses ressources n'étaient pas inépuisables. Pour donner une chance à nos descendants, il fallait commencer à économiser les fruits de la terre. Terminé le temps de chauffer le dehors en raison de maisons mal isolées. La venue de normes plus strictes pour l'isolation des maisons l'a détrôné, et presque fait disparaître. Chassé et remplacé par le 2 par 6 qui, par ses dimensions plus généreuses, pouvait aussi accueillir de plus grande quantité de matière isolante.

Triste sort pour ce vaillant compagnon de route qu'était le 2 par 4.

Leurs meilleurs jours étant derrière eux, ils disparurent de l'avant-plan.

Dans cet ordre d'idées, bien des années plus tard, me voici donc en auto, faisant route vers Québec. À mes côtés se trouve, une bonne amie, préoccupée, pourtant habituellement positive et souriante. On parle de tout et de rien, faisant presque semblant que le drame qui se joue n'existe pas. Un déni temporaire, presque pour repousser le verdict pouvant signifier la mort. Non, il est encore trop tôt pour l'envisager. Attendons le résultat de ce que le « juge » oncologue va lui signifier. Pourtant lorsqu'il est question de cancer, le spectre de l'entrepreneur de pompes funèbres fait rapidement son nid dans nos pensées. Il prend tellement de place qu'il en reste peu pour les pensées plus positives. Est-ce tout simplement parce qu'elles se savent nullement de taille pour ce combat? Plus on approche de la destination, plus l'ombre du cancer prend place. La maladie revendique ses droits, elle ne veut céder aucun terrain. Elle revendique la place qui lui revient, selon elle. Elle veut être la vedette de ce mélodrame. Non, non, non, c'est mon amie la vedette. En effet, je suis l'accompagnateur, le témoin, l'ami, le soutien, l'acteur de soutien. Malgré le combat de la maladie faisant tout pour prendre le contrôle et être la vedette, il faut impérativement que la malade soit la vedette. Elle jouit d'un droit d'ancienneté sur son corps. Ce cancer n'est qu'un visiteur indésirable, un intrus, entré par effraction sauvage dans ce corps qui n'en voulait pas. Pourtant, cette amie avait vécu une vie complètement vouée à la bonne santé : alimentation très saine, exercice physique, pratique de sport tel que le vélo et le tennis. En soi, ce sont toutes sortes de polices d'assurance contre cette maladie, l'une des plus terribles.

La conversation glisse doucement vers le but du voyage, le climat est assez lourd. Mon but dans la vie est de prendre le bon côté des choses et de ne pas dramatiser inutilement les situations qui sont déjà pénibles. Loin de moi l'idée de ne pas voir la triste réalité, je préfère la ramener à une échelle plus humaine. Elle aborde le bilan de ce qu'elle sait des examens passés au cours des semaines antérieures.

Je me souviens soudain de la semaine précédente, sur la même route, l'accompagnant pour une dernière série d'examens. Lorsqu'elle me décrit la tumeur qui s'est développée dans ses poumons, elle m'en donne les dimensions qui sont de deux centimètres sur quatre. Voici ma chance et je saute gaiement sur l'occasion.

Je la regarde avec un air faussement surpris : hein! Tu as un 2 par 4 dans le poumon? À ce moment précis, le matériau de construction, jadis noble venait de prendre du galon. Elle pouffe de rire face à cette idée saugrenue d'avoir un 2 par 4 dans les poumons. Ce n'est plus une vilaine tumeur assassine, ce n'est qu'un 2 par 4. Ça ne fait pas mourir un 2 par 4. À moins d'en recevoir un bon coup sur la tête, mais ce n'est pas le cas ici. C'est fascinant de voir comment l'ambiance a retrouvé un niveau plus léger. Ce surnom de 2 par 4 est resté; dorénavant, elle présentait sa tumeur ainsi au personnel soignant. L'idée de lui donner un surnom plus agréable n'est cependant pas pour en faire une amie. Le but premier demeurant de l'éliminer, et le plus rapidement possible. Elle a dû patienter quelques semaines avant de mettre l'avis d'expulsion à exécution, résultat de la collaboration d'un chirurgien expert, chasseur émérite de ce type d'ennemi.

C'est un adversaire coriace qui a lutté farouchement jusqu'à la dernière minute, mais en vain. Une première victoire, sur son petit 2 par 4, tout comme l'autre, encore retourné aux oubliettes.

Elle n'a pas gardé cette tumeur en souvenir. Juste au cas où il aurait trouvé un moyen de retourner dans le gentil poumon qu'il avait initialement pris pour demeure. On ne sait jamais, s'il avait trouvé un moyen de se transporter par Bluetooth ou Wi-Fi. Après tout, il avait déjà côtoyé les téléphones portables et autres gadgets électroniques qui communiquent par ces curieux modes de transmission.

Repose en paix, désagréable petit 2 par 4!

Octobre 2017

L'ABRACADABRANTE HISTOIRE DE LUC

On dirait bien que j'ai un don pour rencontrer toutes sortes d'hurluberlus. Vous me direz que je ne mets pas les chances de mon côté. C'est vrai que j'ai l'habitude de fréquenter les mendiants du centre-ville. Soyez sans crainte, je ne suis pas l'un d'eux. C'est plutôt que j'aime en prendre soin. Ils sont tellement délaissés par la société qu'il en faut de bonnes gens pour les aider. Ma mère avait peu dans ses poches, mais avait un cœur si gros qu'il était à l'étroit dans son petit corps. Il avait aussi de la difficulté à la suivre dans ses actes de charité et de compassion. C'était vraiment naturel que j'adopte aussi cette cause pour mon propre bénévolat. Donc depuis les trois dernières années, la nuit tombée, je rôde dans mon territoire à la recherche de mes protégés. Grâce à l'appui de généreux donateurs, je peux distribuer quelques sandwichs ici et là. L'hiver venu, j'ajoute à l'occasion un manteau, une tuque ou des gants. Parfois, le principal besoin de ces gens n'est qu'un sourire, un peu de compassion. Beaucoup de mieux nantis oublient qu'ils sont aussi de vraies personnes que la vie a écorchées et non de simples rebuts de la société.

Je vais vous parler de quelques-uns de ces personnages qui ont marqué mon parcours.

Cas numéro 1 - Pierrot

Tout un numéro que ce Pierrot, troubadour de la rue, qui a un jour abandonné tous ses biens pour aller à la rencontre de son destin. Au fil des contacts avec de généreux pourvoyeurs de transports, il décide de raconter en musique l'histoire, en apparence simple, de ces héros de la route. Une centaine de discussions plus tard, son cahier de chansons déborde d'histoires de ces fascinants personnages, révélées par ce prophète moderne qui propage leurs messages.

Cas numéro 2 - Jack

On le connaissait sous le nom de Jack, juste Jack. Ça tenait lieu de prénom et de nom. Nous savions qu'il s'était lui-même baptisé ainsi, en quelque sorte pour faire la paix avec la première partie de sa vie. Comme c'est trop souvent le cas pour bien des gens de la rue, cette époque révolue ne lui a pas fait de cadeaux. Il ne s'est jamais ouvert complètement sur son passé, l'ayant enterré avec son certificat de baptême officiel. La recette étant simple pour obtenir une minuscule confidence, utiliser les grands moyens, soit le sérum de vérité que l'on trouve dans ces bouteilles souvent vertes ou transparentes, dont le principal ingrédient est du raisin. Ce vin qui ouvre les cœurs et parfois la mémoire, pourvu que le principal intéressé ne boive pas pour oublier, mais pour festoyer. C'est ainsi qu'on a appris qu'il avait été, bébé, trouvé sur le perron d'une église, qu'il s'était retrouvé dans une crèche, adopté tardivement par une famille dysfonctionnelle, une femme alcoolique (qui recevait des hommes pour ses services personnels en échange de quelques dollars lorsque l'alcool manquait) et un homme très violent adepte de drogues diverses. Ces deux étranges individus lui servaient de mère et père de remplacement. Dans ce contexte, il a appris très tôt à se débrouiller seul. Il volait pour se nourrir, volait un peu plus pour se procurer ce que les autres jeunes du quartier avaient tout cuit dans le bec, mais que ses parents, assistés sociaux, ne pouvaient lui fournir, le peu d'argent disponible disparaissant pour l'alcool et drogues de toutes sortes. Il a commencé à se faire épingler pour ses petits larcins, se retrouvait régulièrement en maison de correction, et en prison lorsqu'il eut atteint l'âge adulte. Il en a eu marre et a décidé d'abandonner cette vie de misère. Il voulait partir en neuf espérant que le sort cesserait de s'acharner sur lui. Comme il n'avait presque jamais fréquenté l'école, aucun employeur ne voulait lui faire confiance. Il avait un grand cœur et il a réalisé que la rue serait son royaume de même que ses semblables seraient sa nouvelle famille. Comme il aidait constamment ses congénères, tous disaient de lui que c'était un bon Jack, comme dans l'expression populaire. Il a finalement officialisé ce nouveau nom qui lui collait si bien à la peau et à sa nouvelle vie.

Cas numéro 3 - Luc

Vraiment tout un numéro, ce Luc. On le distinguait facilement parmi la foule avec son chapeau haut-de-forme qui lui donnait un petit air aristocratique, pour autant qu'on ne regarde pas son pantalon. On aurait dit qu'il portait le pantalon d'un autre, beaucoup plus gros que lui. Le chic et le ridicule assemblés dans une même tenue.

Je pourrais très facilement publier un livre de 500 pages, si je racontais toutes ses aventures. Même s'il était un régulier du quartier, il disparaissait souvent pour des périodes plus ou moins prolongées. À chaque retour, il nous racontait l'aventure rocambolesque qu'il avait vécue pendant son absence. Nous jouions son jeu, nous l'écoutions religieusement parce qu'il était un habile conteur. Chacun jouant bien son rôle, même si nous savions très bien que ces absences n'étaient en fait que des visites en établissement de santé afin de contrôler ses troubles mentaux.

Une fois, il nous avait raconté qu'il revenait d'une tournée planétaire avec la plus grande chanteuse internationale. Il semble que cette vedette, lors d'un passage à Montréal, avait remarqué notre ami Luc en raison de son drôle d'accoutrement. Il avait usurpé le titre d'expert en gestion de tournée et elle l'avait engagé pour diriger sa dernière tournée.

Une autre fois, il disait avoir fait partie de l'équipe de tournage du film « Titanic ».

Il avait même passé, selon ses dires, quelques mois avec Mère Teresa. Il se disait inspiré par son œuvre à Calcutta et il voulait participer à cet élan de solidarité envers les démunis de cette région du globe.

Et pourtant, son histoire qui mériterait un Oscar pour le meilleur scénario fut celle qui a suivi la dernière fin de semaine de Pâques. Nous l'avions quelquefois questionné, mais il trouvait toujours le moyen d'esquiver nos demandes. Que s'était-il donc passé cette fois-là? Il devait probablement avoir eu du bon « stock » à fumer. On présumait aussi que les quelques bouteilles de bière consommées avaient aussi contribué à l'élaboration de ce fantastique et improbable scénario. Il commençait son récit en nous disant qu'il avait un lourd secret qu'il nous cachait depuis longtemps. Je me suis retenu de lui dire que nous nous en doutions depuis belle lurette. C'est vrai qu'il répétait souvent qu'il avait tant de regrets de ne pas être comme nous. Nous avons longtemps cru que ces différences étaient surtout en raison de ce drôle de monde imaginaire qui avait élu domicile dans sa tête. Tous ces personnages fantastiques qui nous étaient présentés dans ses contes. Finalement, ces quelques bières lui ont effectivement délié la langue. Ce secret concernait son origine, son anormalement longue jeunesse, son éducation, et surtout, l'échec et le rejet qui suivirent.

Voici ce qu'il nous a raconté. Il est arrivé au monde d'une manière tellement différente en raison de ses origines. Il se disait un diable, un vrai et pas seulement par son comportement ou par ses agissements. Il était fils de diable, de père en fils depuis d'innombrables générations. Sa famille était maintenant composée de milliers d'individus, tous aussi diaboliques les uns que les autres, sauf quelques exceptions atteints de profonds handicaps ou ayant tout simplement « mal » tourné. En digne représentant de ces forces du mal, il a grandi parmi une famille où la haine et les châtiments étaient la meilleure manière de démontrer de nobles sentiments, comme l'amour, dans cet environnement tellement particulier. Il a eu une tendre « jeunesse » de quelques centaines d'années avant de se retrouver à l'école du MAL. C'est dans cette école assez spéciale et unique que se retrouvent tous les représentants des différentes sources de créatures maléfiques. Il fallait passer par différentes étapes, dont la durée ne se mesure qu'avec des échelles et des standards qui n'ont rien à voir avec les outils des humains dits normaux. Les premières étapes de son cheminement se déroulèrent bien pour Luc, ses parents étant très fiers de la progression de leur rejeton. C'est vers la septième étape que la situation s'est détériorée. Luc prenait du retard dans son apprentissage. Il voyait bien que ses confrères le distançaient. Il y avait des concepts qu'il avait énormément de difficulté à concevoir et à maîtriser. Pourquoi tant d'obstacles obstruaient la route de son apprentissage? Les spécialistes de l'école lui ont fait passer quelques tests pour tenter d'identifier la source des problèmes. Tout semblait pourtant normal. Le mystère grandissait. Finalement, l'on fit appel au monde médical. Une panoplie d'autres tests furent réalisés. Presque tout était normal sauf un léger sous-développement au niveau de la tête. C'était une situation rare, mais dont la cause était clairement identifiée et documentée par la communauté scientifique. Une banale erreur génétique en était la cause. Il était désormais temps de passer aux tests d'ADN-M. C'est semblable aux tests d'ADN que les humains utilisent, mais comme les diables ont des corps différents, possédant un génome tellement plus complexe, il faut aussi des tests plus complexes. Le « M » final n'est que pour identifier les « malins ».

L'ADN-M confirma les appréhensions initiales. Luc était vraiment handicapé. Une mutation génétique rare fut ciblée par ses tests. Et mystérieusement, ce n'est pas uniquement par la procréation que ces accidents génétiques se produisent. Il y a des cas documentés qui résultent d'un manque de rigueur dans la procédure de procréation. Pour que les gênes soient d'une pureté impeccable, la copulation des « Malins » doit se faire en conservant une très grande distance de tout être humain. Cette mise en garde vise particulièrement les plus dangereux, j'ai nommé les êtres humains aux grands cœurs. À la lecture des résultats, les parents de Luc rougirent. Comme si cela pouvait changer leur couleur écarlate naturelle. Ils savaient très bien qu'ils avaient écouté leurs bas instincts en oubliant toute règle élémentaire de prudence.

L'affliction étant faite, il fallait maintenant se résigner face au verdict. Il existait bien quelques traitements reconnus, mais dont les chances de succès étaient assez minces. Ne voulant rien laisser au hasard, tous ces traitements lui furent administrés. Comme prévu, aucune amélioration ne fut constatée.

Pardonnez-moi, j'ai oublié de vous dire quel était ce gène défectueux, soit le gène responsable de ce grand handicap. Je vous ferai grâce de son appellation scientifique, mais sachez que ce n'est rien de moins que le gène qui provoque la méchanceté. Pour vous et moi, l'absence de méchanceté est une bénédiction, tandis que pour un diable, c'est catastrophique.

Pendant ce processus de diagnostic et de tentative de guérison, les résultats « scolaires » de Luc ne faisaient que s'enfoncer dans la médiocrité. Une seule possibilité s'offrait maintenant aux administrateurs de l'école, et c'était de confirmer l'échec. Une énorme honte pour la famille, que le renvoi de Luc de cette prestigieuse école du mal. Dans le monde des malins, ce handicap équivaut à la peine de mort. Un moindre châtiment est, par conséquent, le bannissement pur et simple du handicapé. Un regard vers ses parents fut la dernière image qu'il a eue de ce monde, avant de mystérieusement se retrouver seul dans les rues du centre-ville. Quelle histoire abracadabrante!

C'est alors que je l'ai vu pour la première fois. Il avait l'air complètement perdu, déboussolé. Je lui ai souri, il ne semblait pas comprendre ce que je faisais ni comment répondre à cette salutation amicale. Il eut la brillante idée de copier mon geste. Ce fut son premier sourire et il apprécia l'effet que ça lui procurait, comme une chaleur inconnue à l'intérieur. Il venait de renaître. Il est rapidement devenu un membre important de notre groupe. Ses histoires étant tellement incroyables, on ne pouvait que l'apprécier.

Finale

Luc est un vrai phénomène et les histoires qu'il raconte sont tellement invraisemblables qu'il nous est impossible d'y accorder la moindre crédibilité. Je pense que c'est l'impact de ses années d'errance et de consommation effrénée de substances plus ou moins illicites qui ont affecté son pauvre cerveau. C'est impossible de vivre si éloigné de la réalité. Son incroyable histoire du « diable rejeté de son école » était sans conteste l'exemple le plus probant de sa déroute mentale. Du moins, je le croyais fermement jusqu'à ce jour. Vous savez le ridicule chapeau haut-de-forme qu'il portait et ces pantalons démesurés, au moins trois tailles au-dessus de celle qu'il devrait réellement porter. Et bien, il m'a démontré que ces pièces d'habillement n'étaient qu'outils de camouflage. Qu'avait-il à cacher? Je vais vous le dire, mais vous n'en croirez pas vos oreilles et je serai qualifié de menteur; néanmoins, je vous assure que c'est la pure vérité. Il se retourna, me laissant voir son dos, baissa légèrement son pantalon et je fus estomaqué d'apercevoir ce qui semblait être la naissance d'une queue. J'étais bouche bée. Mais comment est-ce possible? Lorsqu'il se retourna, je vis son large sourire, provoqué par l'incroyable interrogation qu'il lisait sur mon visage. Il poursuivit son effeuillage en me saluant avec son haut-de-forme à la main. Je tombai à la renverse. Je ne vous avais pas dévoilé quel était son petit handicap au haut de la tête. Voici le temps de la révélation. Il y avait de petites cornes qui sortaient de ses cheveux si roux qu'ils étaient presque rouge feu. Cette folle histoire de diable recalé était donc vraie. Je ne pouvais nier les preuves que je venais de découvrir. Les cornes étaient petites, n'ayant pas été en mesure de se développer correctement en raison de sa trop faible méchanceté. La hauteur des cornes est ainsi proportionnelle au niveau de méchanceté.

Mes surprises étaient loin d'être terminées. Il m'apprit finalement que son prénom de Luc n'était que le diminutif de son véritable nom... Lucifer, 2,327e du nom.

Un jour, je m'en remettrai. La leçon à tirer est que peu importe comment commence notre vie, peu importe ce qu'on a, un simple cœur généreux peut changer votre route et vaincre l'adversité.

Décembre 2018

PETITE VISITE

Ce soir, une visiteuse inattendue s'est pointée le nez dans mon petit monde. Une extraordinaire muse qui m'avait cependant quitté sans crier gare. Imaginez, lorsque la vie vous fait un cadeau extraordinaire et à peine lorsque vous réalisez la pleine valeur de celui-ci, elle vous l'enlève. Ma vie d'auteur est, ce jour-là, entrée dans un désert impitoyable. Pour vous aider à comprendre la confusion actuelle de mon petit cerveau, je vais vous raconter comment cette histoire a commencé.

Il y a quelques années, j'ai réalisé que la retraite m'avait apporté un nouveau goût pour l'écriture. C'est bien de vouloir écrire, mais encore faut-il avoir des choses intéressantes à raconter. Après plusieurs tentatives vraiment décevantes, j'étais sur le point d'abandonner lorsque j'ai rencontré celle qui allait devenir ma muse originelle. Par quel tour de magie cette transformation s'est-elle opérée, nul ne le sait ni ne le saura jamais. Ce qui est certain, c'est que cela a très bien fonctionné. J'ai réussi à écrire quelques belles petites histoires sans le moindre mal. C'était presque gênant tellement l'inspiration, nouvellement découverte, rendait enfin facile la mise au monde de ces petits bijoux littéraires. Elle avait ouvert une porte qui permettrait à d'autres muses de venir me visiter en m'apportant de merveilleuses aventures à partager. C'est du moins ce que je pensais à l'époque. J'ai dû me raviser. Les candidates muses étaient bien loin de se pointer au rendez-vous. Je n'y comprenais plus rien. Cette histoire avait tellement bien commencé. Pourquoi tout ce sable dans l'engrenage? J'ai commencé à comprendre lorsque ma muse originelle a disparu de ma vie. Les autres muses étaient intimidées par sa brillance et son éloquence. Elles n'attendaient que son départ pour célébrer et se montrer le bout du nez, en espérant que je leur ouvre les portes de ma demeure intellectuelle. À partir de ce moment-là, de nouveaux chapitres se sont ajoutés à ma création. Quelques muses m'ont laissé de beaux cadeaux, toutefois, à cette époque, une seule histoire par muse. Pourquoi est-ce que je ne méritais pas plus? Je n'ai jamais vraiment eu la réponse à cette interrogation.

J'en ai vu passer des muses. La qualité était assez inégale. Cela doit être comme ça dans bien des domaines. Certaines de ces prétendues muses se vantaient de pouvoir faire naître les plus merveilleuses aventures, et ce, sans jamais vraiment livrer la marchandise. Puis, elle est arrivée de nulle part. Une intrigante muse, avec un superbe sourire d'un genre jamais rencontré. C'était tellement rafraîchissant après tant de décevantes expériences. N'était-elle seulement qu'un mirage ou une imposture? L'avenir allait le dire. Elle me proposa une histoire tellement belle que j'ai eu de la peine à l'écrire, étant submergé par les larmes. J'ai relu plusieurs fois cette histoire, incrédule qu'elle soit le fruit de ma propre imagination. Je sais, j'ai eu un « peu » d'aide de cette muse, et pourtant, c'est quand même moi qui ai mis de la chair autour de son os. Épuisé, je me suis endormi sur place. Au réveil, assez courbaturé d'avoir dormi dans une position vraiment inconfortable, j'étais persuadé d'avoir fait un merveilleux rêve. Dommage que cela ne soit qu'un rêve. J'avais rêvé que j'avais enfin rencontré cette muse qui ferait un bon bout de chemin avec mon imagination. Alors qu'une larme se frayait doucement un chemin sur ma joue, elle fut chassée par la vue de l'écran de mon ordinateur. Je venais de réaliser que ce n'était pas un rêve, mais que j'avais vraiment vécu cette histoire. Je l'avais même écrite. Encore sous le choc, je dansais frénétiquement dans la maison. Tout à coup, la frayeur m'envahit de nouveau. Ce bonheur sera-t-il de courte durée? N'était-ce qu'une aventure d'un soir? Il m'était impossible de répondre à cette question. Quelques jours passèrent sans visite. Ma joie laissait doucement place à la morosité. La réalité me frappait durement. Malgré la grandeur et la beauté de son travail, elle était comme les autres et ne donnait qu'une seule fois. La dépression commençait même à me faire de l'œil. Trop, c'est trop, je devais me ressaisir. J'ai tourné la page et me suis dit que, finalement, ce fut une merveilleuse expérience malgré la fin abrupte. La vie devait continuer. Il y eut quelques autres rencontres, futiles toutefois et surtout très brèves. Quelques histoires intéressantes en sont ressorties, mais jamais à la hauteur de cette incroyable muse. Malgré tout, je me disais que j'avais quand même eu de la chance d'avoir vécu pareille expérience.

Puis, par un beau matin, j'ouvre les yeux et elle est là, devant moi, cette merveilleuse muse. Toujours ce sourire angélique. Est-ce que je t'ai manqué? me demande-t-elle. Je songe à la réponse. J'hésite entre le mensonge et la vérité. Un peu par esprit de vengeance, j'opte pour le mensonge et lui réponds qu'elle ne m'avait aucunement manqué. À son tour d'hésiter, entre la déception ou l'incrédulité. Elle semble opter pour l'incrédulité. Cette perception est aussitôt validée par la déception qui se lit sur son visage. Désirant abréger ses... nos souffrances, je mets fin à son supplice par un énorme sourire suivi d'un gros câlin. Nous voilà soulagés. Une longue discussion s'en suit sur les raisons de sa soudaine disparition.

Elle me raconte qu'à l'époque de notre première rencontre, elle avait aussi rencontré un autre auteur. Or, celui-ci était en bien pire condition que moi. Il était même au point de vouloir mettre fin à ses jours. Sa vie ne tenait plus qu'à un fil. Son cœur lui indiquait de mettre temporairement la priorité sur lui. Elle a donc suivi son instinct et fait ce choix déchirant. Elle savait au fond d'elle-même qu'elle avait le pouvoir requis pour le sauver. Elle lui a donc fait cadeau de quelques histoires pour lui démontrer sa valeur. Son intuition était encore une fois juste et ce traitement a eu un effet marquant sur mon adversaire. Cette mission étant accomplie, elle pouvait revenir continuer son rôle de muse avec moi. Cette histoire était un peu rocambolesque, mais la joie de la retrouver l'emportait largement sur mon envie de vengeance.

Grâce à son aide, j'ai écrit d'autres belles histoires qui faisaient ma joie, et surtout celle de mes lecteurs. Je dégustais cette joie retrouvée, ma vie avait un nouveau sens et le soleil brillait dans mon univers. Jusqu'au jour où... Jusqu'à sa disparition. Oh! Qu'elle m'a frappé de plein fouet cette nouvelle trahison. Lors des jours les plus tristes, je fuyais ma peine en me faisant croire que son grand cœur l'avait incité à aider un autre auteur, une autre vie à sauver. Mais les jours, les semaines et maintenant les mois passaient et mes mensonges n'avaient plus aucune crédibilité. Je devais finalement admettre qu'elle était disparue à jamais. C'est exactement là que la période désertique a commencé. Ma capacité d'écrire s'était envolée. Je ne réussissais qu'à pondre des insignifiances. Plus j'écrivais, plus c'était mauvais. Je me devais de ranger mon habit d'auteur. Sous ce titre, j'étais devenu un imposteur. J'ai baissé les bras et fait mon deuil de cette aventure. Elle qui m'avait abandonné, me jetant comme une vieille possession sans valeur, sans même me donner la chance de défendre ma cause, de lui faire comprendre la valeur que je lui attribuais, et qu'elle comprenne le rôle immense qu'elle jouait dans mon processus de création.

Cette muse avait fait ses preuves. Et des preuves tellement convaincantes qu'elles étaient presque irréelles. Cette muse avait une manière remarquable de travailler. J'en ai déjà fréquenté qui donnaient quelques idées de base, des fragments de sources d'inspiration, des éléments qu'il fallait travailler, voire même bûcher pour en sortir quelque chose de potable, peaufiner à l'extrême pour arriver à un produit à peine acceptable. Il est clair que dans tout, la qualité finale du produit est directement proportionnelle à la qualité des ingrédients utilisés.

Retour au présent, maintenant que vous connaissez l'historique de notre relation muse auteur.

D'une façon complètement inattendue, la voilà qui revient. Elle constate bien ma surprise de la revoir par mon incrédulité, mes interrogations, et surtout mon état de choc. Que vient-elle faire ici? Pourquoi ce retour? Maintenant? Un flot de questions s'entremêlent dans ma pauvre petite tête qui peine à gérer ce flot d'émotions contradictoires. Suis-je content, craintif, dégoûté, sceptique? Toute la gamme y passe. Je lui fais clairement comprendre que je mérite quelques explications sur sa mystérieuse disparition et cette soudaine réapparition.

Je lui laisse maintenant la parole.

Je dois commencer par te faire des excuses. Je présume que je t'ai fait très mal. Je suis très consciente que je t'ai trahi une autre fois et je me doute bien que l'effet cumulatif de ces trahisons doit t'avoir affecté au plus haut point. Je ne voulais pas te faire de mal. En fait, je n'ai pensé qu'à moi. Nous, les muses, nous ne sommes pas parfaites; après tout, des muses ce ne sont pas des déesses. Nous n'avons pas que des qualités, mais aussi des défauts tout à fait humains. C'est dans ce contexte que je te raconte ce qui s'est passé.

    Lors de notre dernière période de collaboration, ma vie était extraordinaire. Je te fournissais quelques petites idées et tu en faisais de véritables chefs-d'œuvre. Je me suis alors mis dans la tête que c'était moi la responsable du résultat de ces travaux. Tu ne devais être que le fidèle serviteur qui donnait à mes offrandes les enveloppes qui les rendaient si attrayantes. Je croyais fermement que c'était uniquement à la qualité de mon travail que l'on devait ce succès. Ça m'a monté à la tête, ça me grisait. Comme l'alcoolique qui trouve son plaisir dans la bouteille, cette euphorie m'a mené à en vouloir davantage. Je me suis même mise à croire que ton rôle étant tellement négligeable qu'il me serait facile de te remplacer par un auteur plus expérimenté et plus talentueux, et ainsi propulser mon ivresse vers des sommets inégalés. J'en étais même rendue à non seulement considérer ton rôle comme insignifiant, mais que, toi aussi, tu étais insignifiant. Alors, pourquoi perdre mon temps à t'expliquer toute ma démarche. Tu n'en valais tout simplement pas la peine. Je n'avais qu'à disparaître et le tour serait joué. Bien évidemment, c'est ce que j'ai fait.

Un pareil talent de muse devait être jumelé avec des auteurs de grand renom. Je commençai à faire des approches avec des auteurs connus. Mon charme et surtout mes idées ont facilement séduit les plus grands. Je leur fournissais mes meilleures idées espérant des résultats menant vers les plus grandes reconnaissances. Au premier essai, je donne une brillante idée, l'auteur me contacte trois jours plus tard, fier de son travail, il me présente son produit. J'en suis tombée à la renverse. Malheureusement, ce n'était pas en raison de la qualité, étant totalement absente de son texte. Je dus me rendre à l'évidence, malgré sa réputation, il n'est peut-être pas si bon.

Je me trouve un candidat que j'espère meilleur et finalement capable de livrer la marchandise. Je lui refile la brillante idée soumise à mon premier candidat en espérant un meilleur résultat. Lorsqu'il m'a remis son travail, j'ai constaté qu'il était allé dans une direction assez différente du premier candidat. Cependant, au lieu d'augmenter la qualité, il avait affreusement failli à la tâche de me soumettre un chef-d'œuvre. Ma foi, que se passait-il?

Mais que font ces incapables? Comment ont-ils pu se forger une si grande réputation, alors que ce qu'ils font est pourtant médiocre?

C'est désespérant. J'ai bien fait quelques autres tentatives, toutefois avec des résultats assez similaires. Une seule constatation s'imposait alors. Le génie était peut-être tout simplement toi. J'ai réalisé l'énormité de mon erreur, c'était donc moi la moins que rien. Comment ai-je été si imbécile et si imbue de ma petite personne pour penser ainsi? Je regrette tellement ce que j'ai fait. Il ne se passe pas une heure sans que je me trouve ingrate et idiote. Ce qui m'est le plus insupportable, c'est lorsque je pense aux merveilles que ton génie a réussi à réaliser avec mes petites idées. C'est comme si chaque paragraphe me tordait le cœur et me couronnait la reine des connes. C'est sûrement ce que je suis. J'ai bien tenté de tourner la page et de reprendre ma vie en mains, mais sans succès. Désormais, je ne suis qu'une loque et je désespère de retrouver un peu de bonheur.

Je sais que ce que j'ai fait est inhumain et impardonnable. Cependant, je veux malgré tout que tu me pardonnes et je veux me racheter. Nous avons vécu, ou même nous vivons encore, une grande peine dont je prends l'entière responsabilité. Je suis prête à faire ce qu'il faudra pour me faire pardonner. Pour te le prouver, j'ai fait une démarche exceptionnelle. Dans le monde des muses, nous avons accès à d'autres personnes possédant des dons ou des pouvoirs spéciaux. J'ai fait un appel à tous en expliquant mon problème, ma trahison et suppliant pour une solution. Je n'ai reçu qu'une infime poignée de réponses. Heureusement, l'une d'elles a attiré mon attention, même si elle semblait vraiment trop belle pour être vraie. J'ai contacté cette personne et elle m'a proposé sa solution. J'ai vite compris qu'elle me permettrait de faire amende honorable et de t'offrir un extraordinaire cadeau et prier pour un mince espoir de pardon à mon égard, même si mon « délit » est horrible.

Je te supplie d'accepter ce cadeau. Je n'attends rien en retour, étant bien consciente de tout le mal que j'ai pu te faire, et si jamais tu voulais bien l'accepter, ça serait mon plus beau cadeau.

Maintenant, à mon tour d'y réfléchir.

Je dois avouer que cette révélation est pour le moins stupéfiante. Je me demande même si je devrais la croire. Elle m'a durement prouvé qu'elle n'était pas digne de ma confiance. La ronde des sentiments recommence dans ma tête, que dois-je faire? Me venger pour tout le mal qu'elle m'a fait? Lui pardonner? Je m'en sens incapable pour le moment. Lui donner une chance? Cette option comporte un certain intérêt parce que j'ai encore en mémoire notre collaboration antérieure, qui fut vraiment extraordinaire. Par contre, la douleur de sa trahison fut très pénible. Toutefois, le moins que je puisse faire est de voir quel est ce présent, ce qui soulagera ma curiosité. J'accepte donc son offre.

Dans le colis, il n'y a qu'un minuscule sachet contenant ce qui semble être des graines. Ma première réaction est que, si ce ridicule cadeau est pour se faire pardonner de ce qu'elle m'a fait, elle doit sans doute considérer que son offense est mineure. Par contre, c'est tellement loin de mon évaluation personnelle. Je repousse la colère qui monte lentement en moi. Je dois me rappeler que je lui ai donné une chance. Je dois tenir ma parole. J'ouvre donc le petit sachet délicatement. Déception, ce ne sont effectivement que des graines, de vulgaires petites graines. Mon interrogation est à son comble. Pourquoi? Mais pourquoi?

Pourquoi en effet, ne me donner que de minuscules semences, de petites graines insignifiantes, que j'ai l'intention de me débarrasser avant même d'avoir compris leurs rôles, étant incapable d'en déceler et de concevoir un quelconque pouvoir. Au moment de lancer ces graines à la poubelle, j'hésitai, elle me regarda, regarda ma main refermée, promenant son regard de plus en plus insistant alternativement sur les graines et mes yeux. Je ne comprenais pas son insistance pour tant de futilité. Qu'avait-il de caché dans cette mise en scène? Elle poursuivait sa course visuelle entre mes yeux et ma main.

Devant son insistance, de mon autre main, j'ai retiré une graine du sachet, l'ai déposé sur la feuille de papier posée sur mon bureau. Je l'ai fixé avec mon regard intense pour essayer de comprendre. Plus je me forçais, moins je comprenais. C'était désespérant. Que devais-je faire? Je n'en pouvais plus. Je l'ai donc presque imploré d'éclairer ma lanterne. C'est alors qu'elle me raconta cette bizarre histoire. Voulant se faire pardonner, elle a contacté des sages et celui qui a trouvé la solution est celui qui, ayant compris sa peine, lui a fourni les graines. Elle devait penser très fort à ce qu'elle voulait donner en cadeau. Comme le lien qui nous unissait était celui de la muse et de l'auteur, elle voulait me remettre des sources d'inspiration. Elle voulait par-dessus tout que je retrouve confiance en elle. Elle voulait surtout que je crois fermement qu'elle ne me laissera pas tomber à nouveau, jamais. C'est alors que le sage magicien lui a remis ce petit sac de graines. Ensuite, il lui demanda–de le porter pendant plusieurs jours, allant même jusqu'à le déposer sous son oreiller le soir au coucher, en pensant aux sources d'inspiration qu'elle voulait me partager. La magie opérant, chaque source se retrouvera alors dans une graine. Il était maintenant temps de me livrer le mode d'emploi. Je dois prendre une graine, la porter dans la poche de ma chemise le plus près de mon cœur pendant quelques jours. Il devrait se produire un genre d'explosion minime, sans aucun danger. Ce processus fera pénétrer la suggestion dans mon cœur et je pourrai en être inspiré. Ce qu'il y a de fantastique dans ce cadeau, c'est qu'il contient une certaine quantité de graines, garantissant une collaboration quand même importante même si la muse se défile à nouveau, et ce, même si elle semble avoir eu la leçon de sa vie.

Je dois avouer que ma confiance avait jadis été fortement ébranlée. Je trouve quand même que le geste posé démontre une certaine contrition, un acte de courage et d'humilité. Par conséquent, j'accepte de faire le test avec une graine, avant de donner mon aval sur une éventuelle suite des choses. Je dépose donc une graine dans ma poche, tout en n'étant pas convaincu de la véracité de toute cette histoire. Mais comme je suis bon joueur, je vais suivre les instructions à la lettre. Aussitôt dit, aussitôt fait.

À ma grande surprise, à peine deux jours après le dépôt de la graine dans ma poche, une belle histoire monte jusque dans mon esprit. Je me presse de la coucher sur papier. Je la relis et je me rends bien compte que la traversée du désert vient de se terminer en beauté avec cette minuscule graine. Je me sens revivre et mon cœur, soudainement, veut se mettre en mode pardon. Je n'ai aucune envie de le retenir et lui laisse le loisir de mettre en branle le processus de réconciliation et même celui du pardon. Je célèbre le retour de cette muse prodigieuse. Les nuages se dissipent et le soleil est de retour dans ma vie. Elle sera maintenant belle... enfin. Finalement, la page est tournée.

Avril 2020

P.-S. Je vois très bien votre visage interrogateur. J'y décèle même un petit reproche. Je vois bien la question qui se lit sur vos visages. Mais qu'était donc cette merveilleuse histoire que la graine a fait germer dans son cœur et fleurir dans sa tête? Je vous entends dire : « Il ne va tout de même pas nous laisser en plan comme ça? » Pitié monsieur l'auteur...

Et bien mes braves lecteurs, sans vous en rendre compte, vous venez tout juste d'en terminer la lecture, de cette merveilleuse histoire.

Sans rancune.

LETTRE À MAGLOIRE

Aujourd'hui, nous sommes le 20 mars 2017. Voilà maintenant vingt ans que tu m'as quitté. Triste anniversaire qui ne me donne aucune envie, ni raison de fêter. Cette séparation, j'en suis certaine, tu ne l'as pas plus désirée que moi. Oh que non! Comme tous ceux qui ont fait face à de difficiles années de misère, nous avons eu des hauts et des bas. Mais même au creux de la vague, notre bien le plus précieux qu'était notre amour nous a permis de réussir à traverser les tempêtes.

En fait, non, tu ne m'as pas quitté. On t'a arraché à moi. On t'a kidnappé, et c'est par ce criminel sournois que l'on nomme cancer. Ce tueur sadique qui ne se contentait pas de prendre ta vie, mais aussi d'en rendre les derniers jours insoutenables dans de grandes souffrances. De toute la bande de ces tueurs invétérés, tu as bravement combattu l'un des plus difficiles adversaires, le cancer du poumon. Il te faisait payer à chacune de tes respirations, on aurait dit qu'il prenait un malin plaisir à te faire souffrir. Il savourait sa domination sur ta vie en la rendant la plus misérable possible.

Ce soir, j'écoute quelques airs d'opéra. Cette grande et belle musique que nous avons découverte, appréciée et surtout savourée ensemble à de multiples occasions, comme cette douce soirée de notre quarante-quatrième anniversaire de mariage. Que d'années ont passé depuis ce 15 juin 1953. Tendrement, allongés en se tenant par la main, on se laissait bercer par cette divine musique. J'ai finalement fait la paix avec elle. Je dois t'avouer qu'après ton départ, j'ai été longtemps à la bouder, parce qu'elle me rappelait trop la douceur de ta présence, maintenant disparue. Je dois avouer que j'avais un plan secret pour ce triste soir d'anniversaire. J'espérais que cette musique, qui nous faisait monter vers le ciel tellement elle était merveilleuse, me permettrait peut-être de me rapprocher de toi. C'est certain que tu es au Ciel, avec tout le bien que tu as fait au cours de ta vie. Tellement de personnes t'en sont encore reconnaissantes pour ce que tu as fait pour elles. Tu ne laissais personne indifférent. Donc, je priais pour que cette musique me monte au ciel et que je puisse apercevoir ton paisible sourire et ce petit air taquin qui étaient ta marque de commerce. Malheureusement, mon vœu ne s'est jamais réalisé. Comment se fait-il alors que je n'ai pu me rendre assez haut pour t'apercevoir, ne serait-ce qu'un bref instant? C'était tellement utopique de penser qu'il pouvait en être autrement. Je réalise que ce n'était pas la musique qui nous servait d'ascenseur, mais tout bonnement toi avec moi, nous et notre amour.

La date du 20 mars 1997 restera à jamais marquée dans ma mémoire comme étant ta dernière journée sur cette terre. La journée de ton dernier souffle. La souffrance était enfin terminée, du moins pour toi. Ensemble, nous avions surmonté de nombreuses épreuves parce que notre amour nous en fournissait la force. Je pouvais me reposer sur ton épaule et m'y sentir en sécurité. Cette sécurité a disparu parce que toi, mon fidèle compagnon, tu n'es plus à mes côtés pour affronter cette difficile épreuve qu'est ton absence. Je croyais qu'il m'était impossible de survivre à cette douleur. Les années ont passé et je suis encore là. Je suis une survivante. Ma seule explication est que tu veilles sur moi de là-haut.

Curieusement, ce rôle de gardien semble avoir maintenant quelques ratés. Avec les années, mon corps me fait souffrir énormément. Comme les branches d'un vieux pied de vigne, mes membres sont de plus en plus tordus et douloureux. On dit souvent aux enfants qu'on va revenir leur tirer les orteils s'ils ne sont pas sages. Est-ce ta façon de me tirer les orteils? Cette souffrance me fait réaliser qu'un jour nous serons réunis à nouveau, sans douleur. Je sais, je sais que nous avions dit à monsieur le curé que c'était jusqu'à ce que la mort nous sépare, mais tu es parti trop tôt et le ciel nous le doit bien pour se faire pardonner ce vilain tour.

Félix Leclerc disait dans sa chanson dont le titre est « La vie, l'amour, la mort » : « C'est grand la mort, c'est plein de vie dedans ».

Voici, mon amour, ces mots de mon cœur qui s'envolent vers toi ce soir.

Ta Juliette pour toujours. XXX

Février 2018

LETTRE À JULIETTE

Préface

La Juliette de cette lettre n'a aucun lien avec celle de William Shakespeare. Contrairement à la Juliette de Shakespeare, elle n'a pas vécu que dans des livres, elle était bien réelle. Elle était le rayon de soleil de son Magloire. Il y a un certain temps, j'ai écrit un texte qui s'intitulait : « Lettre à Magloire ». J'avais imaginé que Juliette écrivait une lettre à son Magloire, et ce, vingt ans après son décès, pour lui faire part du grand vide laissé par son départ. En revenant de l'inhumation des cendres de Juliette, j'ai imaginé cette réponse de Magloire à sa Juliette et ça va comme ceci :

Bonsoir ma Juliette,

Je ne suis pas 100 % certain que tu aies ressenti mon souffle dans ton cou, ce fameux soir où tu as rédigé cette touchante lettre d'amour à mon attention, soulignant les vingt ans de mon décès, mais je n'ai aucun doute que nous étions en étroite connexion. Comme je le faisais, d'ailleurs, constamment depuis mon départ, je veillais tendrement sur toi.

Chacun des mots que tu écrivais se déposait directement dans mon cœur comme de précieux lingots d'or que l'on dépose dans un coffre-fort. J'ai tellement savouré ce rappel de notre 44e anniversaire de mariage, étendus, main dans la main, envoûtés par cette belle grande musique qu'est l'opéra.

À ce sujet justement, je dois te dire que depuis mon arrivée ici, j'ai tenté de rencontrer quelques compositeurs que nous aimions. Je ne sais pas pourquoi, mais je n'en ai vu aucun. Est-ce à cause de la différence au niveau des croyances ou tout simplement qu'ils avaient plus d'affinité avec la grande chaleur de l'enfer?

Lorsque monsieur le curé nous a fait prononcer nos vœux, en cette journée mémorable où nous sommes devenus mari et femme, l'engagement était d'être unis jusqu'à ce que la mort nous sépare. Même à cette époque, je savais pertinemment que notre amour ne pouvait se contenter de cette vie sur terre. J'avais donc un peu hâte que tu viennes me rejoindre pour que nous renouvelions nos vœux, la nouvelle règle étant naturellement jusqu'à ce que plus rien ne nous sépare.

Allo Juliette! Je suis ici. Bienvenue chez nous. Je suis tellement heureux de te retrouver. Donne-moi une minute pour terminer cette lettre et je suis à toi.

Maintenant que tu es de retour à mes côtés, j'entrevois l'avenir sous un soleil radieux. Nous continuerons à veiller sur notre famille, tenterons de les guider de notre mieux, de trouver l'équilibre entre ce qu'on aimerait pour eux, mais aussi de les laisser vivre leur vie selon leurs choix respectifs. Même à partir d'ici, on ne peut malheureusement pas tout faire selon notre volonté. La communication avec les vivants est parfois difficile et il nous faut trouver un messager ou un moyen de communication efficace. Ce messager ou moyen devrait se faire porteur d'un message très important. Nous n'avons pas trouvé de messager, mais j'ai pensé à un plan presque insensé pour la transmission. Lorsque les cendres de ton enveloppe terrestre, ma chère Juliette, seront mises en terre et qu'ils seront tous rassemblés au cimetière, on leur enverra une averse; non! Une averse ce n'est pas assez significatif, ça sera un orage accompagné d'un déluge de pluie. Pas trop long, mais intense et suivi d'un radieux soleil. Comme le vieil adage le dit, « après la pluie, le beau temps », et ce, afin de célébrer nos retrouvailles.

Vont-ils comprendre que l'essence de ce message est : **« L'orage et la pluie sont** *pour vous indiquer que ce n'est pas dans ce cimetière qu'est maintenant située notre demeure. Vous avez suivi ce que votre cœur vous disait pour nous réunir ici, mais le plus important, c'est que dorénavant nous vivrons tous les deux à jamais au plus profond de vos cœurs ».*

Magloire

Juin 2020

DEUX PORTES

Une porte se ferme...

Je suis sur le perron, je ferme les yeux quelques instants. Le moment est solennel. Lorsque je tournerai la clé, un chapitre important de ma vie sera terminé. Je déposerai cette clé dans l'enveloppe que je tiens à la main. Elle t'est adressée. Tu la trouveras dans ta boîte aux lettres, comme si le facteur te l'avait livrée. En la voyant, tu te demanderas sans doute si elle contient de bonnes ou de mauvaises nouvelles. Cela t'appartiendra de choisir.

Avant de verrouiller la porte, je repense à nos souvenirs. Cette maison, que je quitte, possède de nombreuses pièces représentant ces souvenirs. Certaines de ces pièces sont en plein soleil alors que d'autres sont plus ou moins sombres, exactement comme nos souvenirs. De nombreuses années au cours desquelles notre couple a évolué. Nous avons bien eu, comme tout le monde, des hauts et des bas. Nous avons traversé des épreuves, en nous en sortant vainqueurs ou blessés. Nous nous sommes soutenus, parfois déchirés, mais... aimés.

Nos chemins, longtemps si proches se sont pourtant éloignés. Pas dans un virage brusque, mais dans de très longues courbes se dirigeant malheureusement dans des directions opposées. Au début, l'écart est imperceptible et après un certain temps, on réalise la grande distance qui dorénavant les sépare. Comment en sommes-nous arrivés là? Impossible de faire marche arrière, nous marchons à sens uniques. Il ne reste qu'à concrétiser la séparation. Tranquillement, fonçant doucement sur ses proies, elle s'était approchée de nous. Nous la voyions bien, mais détournions le visage pour faire semblant que tout allait bien, vivant surtout des doux souvenirs plutôt que du présent. Mais on ne peut vivre longtemps dans le passé. Le temps nous rattrape inexorablement. Heureusement, les fantômes demeureront dans cette maison. Je n'ai pas l'espace nécessaire pour les insérer dans mes valises.

Avant de faire le dernier mouvement, je réalise que la maison que je quitte n'est plus celle qui est devant moi, mais c'est la maison devenue souvenir dans ma tête. Je suis déjà ailleurs. Je marche sans me retourner.

Le temps est maintenant venu, je tourne la page... et je vous invite littéralement, à le faire vous aussi.

... une porte s'ouvre

    Après quelques heures de route, ma nouvelle vie m'attend. Me retrouvant encore devant une porte, les sentiments sont totalement différents. J'ai ma nouvelle clé dans la main, prête à pénétrer dans ma nouvelle demeure, ma nouvelle vie. Je fais des gestes lents, je m'arrête en réalisant que le soleil me caresse le cou, il est si chaud malgré le froid de décembre, semblant me dire qu'il m'accompagnera dans cette nouvelle vie. Je vois bien qu'il éclaire les fenêtres, inondant les pièces de son énergie si bienfaitrice. Est-ce un signe? Dois-je y voir une confirmation que ma décision était la bonne? J'aime le croire. Derrière cette porte, de nouveaux meubles seront les témoins silencieux de ma renaissance. Les éléments de base, meubles et autres équipements, sont maintenant en place et je commence à me sentir bien. Il ne manque que quelques éléments de décoration. Sous ce chapitre, tous pensent aux classiques comme les peintures, cadres, vases, bibelots, coussins et autres babioles. Il y a bien quelques objets rapportés de quelques voyages inoubliables de lointaines destinations exotiques; il y a aussi des objets transmis de génération en génération. C'est ce qu'on appelle des souvenirs. Pourtant, l'élément le plus important de la décoration est d'un tout autre ordre.

On ne le remarque pas en raison de son caractère immatériel. Ce sont les autres souvenirs. Ceux qui sont au fond de notre cœur. Ceux qu'on a amassés au cours de notre vie. Ceux qu'on veut parfois oublier. Ceux qu'on veut conserver précieusement. Maintenant, je dois m'en créer de nouveaux qui seront associés à cette nouvelle vie. Ceux qui feront pencher la balance vers ce nouveau bonheur et qui agrémenteront ma vie. Je dois créer de nouveaux fantômes, de gentils fantômes.

    Pensive, par la fenêtre du salon, je regarde la nature qui m'entoure. Soudain, un visiteur, un voisin du quartier semble venir me dire bonjour. Bonjour à vous aussi monsieur cardinal. Vous avez mis votre bel habit rouge écarlate pour m'accueillir, et madame cardinale vous accompagne aussi. Que voici donc de charmants voisins. Ils ont élu domicile dans le majestueux arbre qui me protégera du soleil au cours des étés à venir. Une petite mésange se joint à eux. Quel beau comité d'accueil. Je suis gâtée et tellement heureuse de me retrouver dans cet environnement. On dirait qu'ils m'invitent à une fête de quartier, à moins qu'ils ne veuillent simplement m'accompagner dans la découverte de ces rues qui m'entoureront pour les années à venir. Attendez-moi, j'enfile des vêtements chauds et je vous rejoins. Dehors, je les cherche, je ne les vois plus, cependant, je les entends. Je suivrai donc leur douce musique. Il fait froid, pourtant je sens une grande chaleur intérieure. Au son du chant des oiseaux, je marche, distribuant de larges sourires aux gens que je découvre sur ma route. Je suis merveilleusement bien. Tellement bien que je pourrais m'envoler avec mes compagnons ailés. Attendez-moi, mes nouveaux amis, j'aimerais pouvoir aller vous rejoindre là-haut. J'ai le cœur si léger...

Décembre 2018

LA MAGICIENNE À LA BAGUETTE POILUE

Je n'ai aucunement la prétention de me considérer comme un « grand » voyageur, même si je m'amuse à raconter que je suis allé deux fois au bout du monde. Petit, à l'école, on nous disait que si l'on creusait un trou très profond l'on sortirait en Chine. C'était vraiment le bout du monde pour moi. Cela a marqué mon imaginaire de petit garçon et j'ai longtemps rêvé d'y mettre un jour les pieds. Bien entendu, je visais un itinéraire différent de celui qui passait par le profond trou. Ce rêve, je l'ai réalisé la première fois en 2010. Tout un dépaysement. J'étais comme un enfant dans un magasin de bonbons. Certains de mes voyages étaient en groupes organisés, mais lorsque la destination s'y prête, j'aime bien partir en autonome. Chacune des formules a ses avantages et inconvénients. Toutefois, j'ai constaté que plusieurs de mes découvertes intéressantes l'ont été lors de voyages en autonome, comme ma visite de la petite commune française de Villedieu-les-Poêles. Ce détour m'avait été conseillé par le père d'une connaissance. J'avais prévu y passer environ une heure. La réalité a été plutôt autour de six heures. Je voguais de découverte en découverte entre la fonderie de cloches d'église et les entreprises de fabrication d'objets en cuivre.

Juste se promener dans ce charmant village est une expérience tellement agréable.

Lors de mes voyages, j'aime bien, lorsque la barrière de la langue n'est pas un inconvénient insurmontable, fréquenter des lieux de rencontre des résidents. C'est curieux de voir les trésors sur deux pattes qu'on peut retrouver dans les marchés, les petites boutiques de toutes sortes, les restaurants, etc. Selon moi, la meilleure source d'information demeure les lieux de consommation d'alcool que sont les sympathiques bars et bistrots. Sans aucun doute, l'alcool délie les langues et cette vérité se confirme dans plusieurs destinations à travers le monde.

Ça me rappelle une sympathique aventure que j'ai vécue il y a quelques années. Pour des raisons évidentes, je ne vous révélerai pas où ces aventures se sont déroulées pour assurer ma protection.

Lors de l'un de ces quelques voyages en autonome, par un soir de pluie, je ne pouvais tout simplement pas me résigner à passer la soirée dans ma chambre d'hôtel. Sans être directement dans le village, j'étais à environ quinze minutes de marche de celui-ci. Une intéressante discussion avec le guide touristique/préposé à la réception de l'hôtel pique royalement ma curiosité. Il a commencé à me parler d'une sombre magicienne qui habite les environs. Mais, soudainement, comme s'il venait de commettre un péché mortel, il veut absolument qu'on change de sujet. Malgré mon insistance, il ne céda pas à mes supplications. Pour se débarrasser de mon insistance, il me recommande plutôt d'aller visiter le village. En temps normal, une petite marche de quinze minutes est la bienvenue pour moi. Mais ce soir avec la pluie, c'est une autre histoire. Je dois aussi vous dire un autre secret que mes voyages m'ont enseigné, c'est que les meilleurs guides touristiques locaux sont les chauffeurs de taxi. Ce sont eux qui savent où cueillir les clients qui s'amusent. Je demande donc comme dernier service à celui qui vient de piquer royalement ma curiosité, de m'appeler un taxi.

Je me retrouve donc dans le taxi de Paul (son nom était fictif), je vous expliquerai plus tard la raison de ce subterfuge. Lorsqu'il me demande le lieu de ma destination, je lui avoue candidement que je n'en ai aucune idée. Avec la tristesse de la météo, je veux simplement me changer les idées et j'espère que ses bons conseils me seront salutaires. Je me rends rapidement compte que Paul a manqué sa vocation. Il aurait fait un sympathique comique sur scène. Il est vraiment intéressant et même captivant. Voulant profiter au maximum de cette rencontre, je lui demande de me promener dans les environs, le temps d'une petite discussion. Il me fait faire le grand tour de son petit village, me raconte des anecdotes dignes des meilleurs conteurs. Je pense qu'il ajoute un peu d'exagération dans ses récits, mais avec cette pluie, un peu d'humour est certainement favorable. Comme il semble une source d'information très crédible, et qu'il est très volubile, je tente ma chance au sujet de la magicienne. « Mon cher Paul, j'aimerais en savoir un peu plus sur une vedette de votre village, un genre de magicienne » que je lui demande. Il freine frénétiquement. Je vois dans le rétroviseur que son visage est soudainement d'une incroyable blancheur. Sa seule réponse est qu'il est très, mais vraiment très dangereux de parler de cette diabolique personne... si vraiment humaine elle est. Comme il tient à la vie, et qu'il veut maintenant se débarrasser de moi, il me dépose devant le bistrot du village et me réfère au patron de la place qui s'appelle Paul. Bizarre, identique à la nouvelle identité de mon chauffeur. En fait, son changement de nom est qu'il ne veut sous aucun prétexte être accusé d'avoir divulgué de l'information sur la prétendue magicienne. Je respecterai sa demande, simplement pour le bon temps qu'il m'a fait vivre. Lorsque je lui demande le montant de la course, il bégaie un peu et me dit qu'il me l'offre. J'insiste, mais rien n'y fait. Je vais même jusqu'à penser qu'il ne veut pas toucher à l'argent d'une sinistre personne comme moi qui ose s'intéresser à de maléfiques créatures.

Je pousse délicatement la porte de ce temple de divertissement villageois. Soudainement la vie s'y arrête, silence complet, tous les yeux se tournent vers moi, l'étranger qui vient bousculer la routine des habitués. Comme c'est assez fréquent lorsque l'on pénètre dans ce genre de petits commerces, où chaque habitué a sa place réservée depuis longtemps, j'hésite un peu, je tente de décrypter les regards qui m'examinent. Quels sont les messages secrets qu'ils m'envoient? Je tente ma chance en allant directement au bar espérant y retrouver Paul, le patron. Lorsque je veux déplacer un certain banc, le barman me fait un léger signe de tête m'invitant à prendre la place d'à côté. J'ai presque créé un incident diplomatique. J'ai senti comme un soupir de satisfaction générale lorsque j'ai enfin pris la bonne place, disponible pour les visiteurs temporaires.

Je suis content d'avoir la confirmation que le barman est bien le patron. Après la livraison de mon breuvage de spécialité locale, Paul commence sa conversation habituelle de barman pour touristes. Je me sens de plus en plus à l'aise, boisson aidant, alors je commence l'interrogatoire. « Paul, j'aimerais que tu me parles de cette personnalité locale, cette magicienne ». Avec son petit recul, je vois la suspicion apparaître sur son visage. « Qui vous a parlé de ça? » Me demande-t-il d'un air sombre. Je revois dans ma tête le visage horrifié de ma source initiale, craignant que je le dénonce. Respectant sa demande, j'invente plutôt une histoire que c'est une amie, qui avait visité ce village quelques années auparavant qui m'avait révélé qu'il s'y passait des choses suspectes particulièrement au sujet d'une certaine magicienne aux pouvoirs plus ou moins respectables. Je vois bien qu'il veut se désister. Qu'il hésite, qu'il patine. Mais que sont donc ces pouvoirs qui font tellement peur aux villageois? Ma curiosité vient de monter de quelques crans. Il me raconte que sa position est délicate et qu'il préfère ne pas s'aventurer dans cette histoire puis retourne à ses autres occupations. Je me retrouve penseur et ma tête s'emballe dans toutes sortes de machinations diaboliques entourant cette mystérieuse créature.

Brusque retour à la réalité par la petite tape sur l'épaule d'un client qui passe derrière moi. Il me souffle à l'oreille : « Tout ce que je peux vous révéler est écrit sur ce bout de papier », qu'il glisse dans ma poche de manteau en poursuivant son chemin vers la sortie.

Je fouille dans ma poche et retire ce court message : le nom de la personne que vous cherchez est Shakima Merveilleux. Mais je constate que ce nom est tellement ridicule, j'en suis à me demander s'il s'est juste moqué de moi. On dirait un nom sorti d'un film d'horreur ou de catégorie B.

Soudainement un déplacement de foule, tous les clients réguliers sortent, c'est l'heure de la fermeture. Il est tôt, mais c'est en début de semaine, je n'avais pas vu le temps passer. Je règle mon ardoise. Comme la pluie a cessé, je marche tranquillement jusqu'à l'hôtel. La porte est verrouillée, mais Paul, le préposé à la réception de l'hôtel, m'avait remis la procédure pour y avoir accès.

Après une rapide douche, je me couche. Une seule idée me hante : « Mais quel est le fond de cette nébuleuse histoire de magicienne »?

Au réveil, je constate que mes rêves étaient habités par toutes sortes d'histoires de magiciennes plus ou moins maléfiques. Le mal était fait, les villageois m'avaient injecté le « virus de la magicienne ». Je devais initialement quitter le village ce matin, mais je ne pouvais simplement pas supporter l'idée de ne pas élucider ce mystère. Nous étions en basse saison, alors pas de difficulté à conserver ma chambre pour une autre journée. Le programme de la journée, mettre mon chapeau de détective et percer ce mystère entourant Shakima Merveilleux.

Un petit détail important, je suis à pied, étant arrivé par le train. Les nuages sont maintenant histoire ancienne et le soleil brille. Je peux commencer mon enquête par la recherche de « témoins » à même le village. Une petite marche ne fait pas de mal à personne. Après un succulent déjeuner, le devoir m'appelle. Mais par où commencer? Pas facile. Je décide de simplement me promener au fil du hasard et de tenir compte de certaines observations de mon gentil chauffeur de taxi.

Le village est magnifique au soleil. Le sourire se retrouve sur tous les visages rencontrés. Pur bonheur. Comment se fait-il qu'avec tant de joie et de bonheur ce village soit victime de cette mystérieuse magicienne? Je suis de plus en plus absorbé par cette histoire, mais je dois y aller avec précaution devant la réaction expérimentée depuis le début de mon questionnement. Première étape, les petits commerçants. J'entre dans la boucherie du village. Je veux acheter quelques victuailles pour mon repas du midi. J'opte pour un bon saucisson. Après avoir payé, je tente ma chance et demande au gentil boucher s'il peut m'en apprendre un peu sur cette magicienne. Horreur, le voici rouge de colère et il me chasse comme un malappris, son grand couteau à la main. Je n'ai pas insisté, j'ai pris mes jambes à mon cou. Ouf! J'espère que mes expériences de la journée ne seront pas toutes comme celle-ci. Il m'a foutu une sacrée frousse.

Prochaine étape, la fleuriste Aline, selon l'enseigne qui trône au-dessus de la porte d'entrée. La dame est toute douce, alors pas de dangers en vue. Tout un contraste avec ma précédente rencontre. Elle a l'allure d'une hippie nostalgique de cette époque révolue. Nous parlons de tout et de rien, je lui achète une petite fleur pour mettre à mon chapeau. Je me risque à lui demander de m'en apprendre un peu sur Shakima Merveilleux. Je m'attends à une réaction semblable à celle de mes autres « témoins » et, même si j'ai calculé un risque moindre, je me prépare au pire. Miracle, elle me recommande de m'asseoir parce que ça pourrait être long. Elle commence alors une histoire abracadabrante sur les « exploits » de cette magicienne. Selon elle, l'histoire débute au 14e siècle. Shakima était jeune à cette époque et ce n'est que vers l'âge de vingt ans qu'elle a découvert ce don précieux face à la magie. Ce don qui comporte plusieurs facettes était aussi accompagné d'une vie éternelle pour son possesseur. Au début, elle a utilisé ce don d'une manière bienveillante. Ce qu'elle aimait particulièrement c'était la possibilité de faire apparaître et disparaître des personnes et des choses. Cette capacité était rendue possible grâce à cette baguette magique très spéciale qu'elle avait reçue d'un vieux magicien qui avait décidé de prendre sa retraite et qui voulait transmettre cet outil de travail à la relève. Je lui ai demandé ce qu'elle avait de spécial cette baguette. Elle m'a répondu que c'étaient les poils qui l'ornaient. J'ai voulu savoir de quelles sortes de poils dont il était question. Elle me raconta que ce n'étaient que des poils de barbe et de cheveux d'anciens magiciens, magiciennes, sorciers et sorcières. Ainsi équipée, elle a fait disparaître de vilaines choses comme certaines maladies et certaines épreuves que vivaient les habitants de son village et aussi effacer de vilaines personnes comme des voleurs et des profiteurs en tout genre. Malheureusement, certains de ces vilains ont réussi à se venger d'elle. Sous le poids du nombre, ils ont réussi à lui jeter un sort d'un pouvoir supérieur au sien qui l'a transformée en magicienne très méchante. Dorénavant, les disparitions seront surtout axées vers de bonnes personnes appréciées de tous, de biens importants ou de bonnes jobs payantes. Les apparitions quant à elles, seront associées à des malheurs divers, à la maladie, aux épreuves reliées aux disparitions précédentes, à la diffamation et à la suspicion en tout genre. Je commençais moi-même à être affecté par la suspicion. Je me rendais de plus en plus compte que ses histoires étaient de pures inventions de son imagination, très fertile et débridée. J'ai regardé ma montre avec insistance et me suis tiré d'affaire en lui disant que je devais malheureusement la quitter pour me rendre à un certain rendez-vous. On dirait que son imagination était contagieuse. Elle m'a souri et salué. J'ai repris ma route. Je mettrai cette histoire à la prochaine poubelle rencontrée.

Je dois admettre que je suis sorti un peu sonné de cette expérience troublante. C'est agréable de constater qu'il semble y avoir au moins une version moins dramatique. Cette fois-ci, je n'ai pas risqué ma peau.

Je devrais peut-être faire encore preuve de prudence pour ma prochaine étape. Je vois la boutique du boulanger. Que voici une bonne idée de me procurer une petite baguette qui accompagnera merveilleusement mon saucisson provenant du pas gentil boucher. Le boulanger, par contre, est très sympathique. Horreur, il se prénomme aussi Paul. Mais quel est ce mauvais rêve, je suis pourtant bien éveillé. Est-ce qu'ils sont vraiment à court de prénoms pour que tous les mâles portent ce foutu prénom. C'est vraiment bizarre. Il y a beaucoup de clients, j'en profite pour bien regarder les produits offerts, je résiste vaillamment aux pâtisseries qui m'implorent de les acheter. Pour détourner mon attention, je profite d'une petite accalmie pour risquer quelques questions en rapport avec mon enquête. Je commence subtilement en lui confiant que j'avais, à travers les branches, entendu parler d'une certaine magicienne équipée d'un autre genre de baguette, qui serait très spéciale. Il m'a regardé d'un drôle d'air; je voyais bien qu'il semblait y avoir un terrible combat dans sa petite tête. Il hésitait vraiment à me répondre. Prenant son courage à deux mains, il m'a chuchoté ceci : « C'est une histoire horrible et très troublante qui est visée par un interdit de discussion et de publication. La législation locale interdit toute révélation la concernant sous peine d'amende ou même d'emprisonnement. Je vais vous faire un aveu, mais, même sous la torture, je vais nier vous l'avoir dit. Probablement que seul le mendiant du village, ayant peu à perdre, pourrait vous instruire sur cette histoire maudite. Il traîne ici et là dans le village ».

Enfin, je vois peut-être un peu de lumière au bout du tunnel. Je repars à la recherche.

Comme dans plusieurs villages, l'église est le point central, je débuterai par cette destination pour ma quête. En plein dans le mille. De loin je vois ce qui, par son accoutrement, pourrait bien être le mendiant recherché. Il fait les cent pas, la main tendue, quémandant, sans doute, quelques pièces aux passants. Je m'arrête pour engager la conversation. Pour l'amadouer, je lui offre quelques pièces. Je m'informe sur sa vie et ce qui l'a amené à être dans cette situation. Je créé un climat propice à la confidence. Je tente ma chance et lui demande s'il peut me parler d'une certaine magicienne aux grands pouvoirs grâce à sa baguette très spéciale. Il y va d'un petit rire nerveux et me demande si quelqu'un lui a recommandé de le consulter. J'hésite à trahir mon gentil informateur. Constatant mon hésitation, il ajoute que ce secret restera entre nous. Il a juste le temps de me parler de la galerie d'art, située un peu à l'écart du village avant d'entendre le cri du policier, qui s'était silencieusement approché de nous, lui dire qu'il était sous arrestation pour avoir manqué à l'arrêté municipal qui interdisait toute référence à cette histoire. Il lui passa les menottes. J'eus beau tenter de le sauver en racontant toutes sortes de choses au brave policier, mes tentatives sont restées vaines. Je n'ai pu que les regarder se diriger vers le poste de police pour mettre ce gentil « criminel » sous les verrous.

C'est tellement dommage pour ce pauvre mendiant. Comme je n'y peux malheureusement rien, je me dirige vers la galerie d'art facilement reconnaissable à sa vitrine remplie de splendides toiles. Tellement troublé par ce qui venait de se passer, je n'ai pas remarqué l'enseigne de la galerie. J'y entre et suis accueilli par une gentille dame qui m'annonce qu'elle en est la propriétaire. Je fais tranquillement le tour des lieux. Je suis très impressionné par la beauté de ce qui m'entoure. Que de talent a cette artiste! Les couleurs sont impressionnantes, les divers sujets tellement intéressants, j'en oublie presque la raison de ma visite. La clochette annonçant l'arrivée d'un nouveau venu me sort de ma rêverie. C'est le facteur qui dépose quelques lettres sur le comptoir. Revenu à la réalité, je passe aux choses sérieuses et lui demande si elle peut m'en apprendre un peu sur cette mystérieuse magicienne à la baguette magique, baguette même poilue paraît-il. Elle pousse alors un éclat de rire tellement impressionnant que j'ai du mal à en saisir la raison.

Lorsqu'elle a repris son sérieux, elle me fait un grand sourire et me demande si j'ai vu l'enseigne de la galerie.

Devant ma réponse négative, elle me tend sa carte d'affaires.

Il y est inscrit :

Shakima Merveilleux
Artiste-peintre
Galerie du village

Elle me pointe avec sa satanée baguette magique poilue qui n'est, en fait, qu'un vulgaire pinceau. La plus grande partie du mystère semble résolue. À contempler la qualité du travail qui se retrouve sur les toiles, je suis d'accord qu'elle est vraiment une magicienne, totalement différente de celle imaginée jusque-là, mais bien réelle. Ce qui reste du mystère, ce sont toutes ces histoires bizarres et événements vécus depuis mon arrivée au village. Après avoir vu la baguette poilue, j'ai maintenant hâte de connaître le fond de l'histoire.

Constatant les milliers de points d'interrogation qu'affichait mon visage, elle a mis fin à mes souffrances suite à un autre éclat de rire colossal. Je vais tout vous expliquer. Il y a quelques années le tourisme était en baisse dans le village et le conseil municipal a convoqué les citoyens à une grande assemblée spéciale sur le sujet. Ils devaient trouver des solutions. Il y eu plusieurs propositions, mais celle qui reçu le plus enthousiasme a été celle dont vous avez été l'innocente « victime » aujourd'hui. Les gens du village aiment beaucoup mes toiles et me considéraient déjà comme une sorte de magicienne. Il a alors été proposé de créer plusieurs histoires plus ou moins vraisemblables sur ce sujet précis. Les villageois ont embarqué à fond dans ce projet qui dure maintenant depuis quelques années. Elle ne s'est pas beaucoup attardée à un complexe calcul de points, gagnés par les citoyens acteurs, pour diverses actions reliées à ce projet, qui permet au gagnant ayant obtenu le plus de points, d'obtenir le titre honorifique d'ambassadeur extraordinaire du village pour l'année. C'est aussi parce qu'on vous aime les touristes qu'on vous fait subir ce traitement. Il est important pour nous que le mystère demeure et nous comptons sur vous pour en dire juste assez pour piquer la curiosité des gens, mais sans dévoiler le fond de l'histoire. Nous vous serons toujours reconnaissants et aimerions vous revoir. Est-ce qu'on peut compter sur vous? J'ai donc confirmé ma complicité future. Avant de sortir, j'ai fait un achat. Elle m'a rassuré que le pauvre mendiant est en fait un commerçant qui aime jouer ce rôle à l'occasion et qu'il était probablement déjà sorti de prison. Je devais comprendre que toutes les fables au sujet du prénom Paul faisaient partie de ces inventions. Elle m'a aussi expliqué que selon l'itinéraire choisi par le touriste, l'histoire pouvait prendre des chemins assez différents de celui que je venais de terminer.

La nouvelle de mon pèlerinage a fait rapidement le tour du village. Sur le chemin du retour vers l'hôtel, je recevais de larges sourires et salutations. Ils semblaient très satisfaits de leurs blagues et de la qualité de ma participation.

Pour me remercier et souligner mon effort, le patron de l'hôtel m'a gentiment offert un bon verre de rouge.

En conclusion, ce que je vais me rappeler de cette aventure est ce fameux soir, lors de ma dernière entrée au bistrot, faite sous les acclamations, les applaudissements et surtout sous les rires des gens présents. Je venais d'être décoré du titre « d'idiot honorifique du village » en raison de ma crédulité au sujet de l'histoire de la méchante magicienne Shakima Merveilleux, qui se tenait triomphalement devant la petite foule de ses joyeux complices. Comme toute bonne magicienne, elle a levé sa « maléfique » baguette poilue, me l'a posée sur la tête et a fait apparaître un large sourire, du brillant dans mes yeux et une belle toile magique remplie de merveilleux souvenirs de toutes les couleurs. J'avais maintenant passé haut la main le test de la « méchante » magicienne.

C'est tellement facile lorsqu'on cultive jalousement son émerveillement d'enfant.

Cette toile « magique », de sa position bienveillante sur son mur, veille sur moi depuis ce temps.

Février 2021

Merci muse Kim Veilleux, artiste-peintre, qui, par sa toile, m'a inspiré cette intrigante et merveilleuse petite histoire. Cette réelle magicienne a même réussi à insérer son nom dans celui de l'héroïne de l'histoire, à mon insu, probablement avec cette satanée baguette magique.

Pour en apprendre plus sur l'artiste qui fut ma muse et m'a inspiré cette histoire, consultez son site Internet à l'adresse suivante : https://kimveilleux.com

UNE BANALE HISTOIRE DE TRANSPORT EN COMMUN

On vient de m'annoncer une triste nouvelle. Une très fidèle compagne des 15 dernières années vient de rendre l'âme. Nous avons vécu tellement d'aventures depuis notre première rencontre. Tant d'images se bousculent dans ma tête; je navigue entre les rires et les larmes. Je la vois s'éloigner, le croque-mort la transporte vers son dernier repos. La douleur est trop vive dans mon cœur. Je me sens incapable de la voir démembrée. Elle a donné son corps à la science. Ses organes en aideront d'autres à survivre, poursuivant, pour quelque temps, sa vie sur cette terre. C'est trop difficile, je ferme les yeux. Je ne peux supporter le déchirement de cette ultime séparation.

Je dois la remplacer au plus tôt. Une de perdue et dix de retrouvées. Avant de me considérer comme le pire des salauds, je crois que j'ai oublié de spécifier que cette perte est celle de ma bagnole et non de ma conjointe ou d'une précieuse amie.

En attendant, je dois me trouver un taxi. Peine perdue, aucun ne se trouve dans les environs. Je vois un vieil autobus au loin. Jadis étudiant, l'autobus était le seul moyen de transport que je pouvais me permettre. Pourquoi ne pas poursuivre un peu cette nostalgie? Étant près de l'arrêt de bus, je consulte la carte pour dénicher celui qui me ramènera près de la maison. Ce n'est pas celui qui s'approche, mais le mien devrait être devant moi dans tout au plus 10 minutes. Pendant ce temps, j'observe les personnes composant la petite foule compacte des futurs passagers. Lesquels continueront la route avec moi? Quelles expériences vivrons-nous ensemble? Ma curiosité chasse la tristesse. Je sais que l'expérience de ce retour dans le temps sera agréable.

Le premier bus arrive, environ les trois quarts des personnes nous quittent avec lui. D'autres arrivent de tous côtés. La routine se répète, un bus arrive, des gens en descendent, d'autres montent à bord, le chauffeur reprend sa route. Le prochain bus sera le mien. Les gens autour seront donc, en partie, mes compagnons de ce petit voyage de transport en commun.

L'attente est terminée, je me retrouve assis presque au milieu du bus dos à la fenêtre. J'ai un poste d'observation privilégié sur cette minuscule foule d'étrangers. Mon imagination fertile d'auteur entre en jeu. Je repère les meilleurs candidats qui m'inspireront de fantastiques aventures. Au début, je ne suis pas chanceux. Les personnes que je regarde ne dégagent aucune inspiration. Presque, comme si leur vie n'avait aucun intérêt, même pour eux. Je lance une prière au ciel afin de me procurer du bon matériel. La réponse est instantanée, je m'arrête sur un monsieur, un vieux monsieur et j'oserais aller jusqu'à dire un très vieux monsieur. Les profondes rides qui ornent son visage sont magnifiquement placées aux bons endroits. Celles qui ont laissé des traces des sourires et des rires que ses lèvres et ses yeux ont partagés pendant une vie joyeuse. Il y a bien quelques rides de chagrin sur son front, mais elles lui ont fait apprécier la valeur des rires. Mes voisins doivent maintenant se demander la raison de mes sourires à pleines dents. Les sourires du vieux monsieur m'enivrent. Je me laisse bercer par ces douces pensées, partagées inconsciemment par mon nouvel « ami ». J'ai tellement bien fait de commencer par lui, car il est sur le point de descendre au premier arrêt. Lorsqu'il se lève, nos regards se croisent en un bref instant, me permettant de lui envoyer un large sourire de remerciement, qu'il accepte sans même s'en demander la raison. Il n'est pas en terrain inconnu. C'est vraiment un amateur invétéré du rire quotidien. Quelques nouveaux prennent place. Je poursuis ma quête d'inspiration. J'aperçois un beau petit couple début vingtaine. Ils s'échangent un bref regard en s'assoyant, retournant instantanément dans leur petit monde personnel, ou plutôt impersonnel en mettant le nez sur le petit écran de leur téléphone portable respectif. Dommage de gaspiller des moments si précieux de la présence de l'être aimé au profit d'une infernale petite machine. Comme ça m'attriste, j'aime mieux les laisser à leur misérable sort.

Mon regard se pose sur un étrange personnage. Un regard triste, comme un masque, du genre de tristesse vraiment douloureuse et infinie. Il porte un très long manteau, qui comme un linceul, recouvre le personnage qui s'y cache. Pour tous les autres passagers, il passera inaperçu, son manteau faisant bien son travail. Pourquoi suis-je le seul à pouvoir identifier et comprendre cet homme? Simplement parce que je suis de sa race. Jadis, à titre d'amateur, je participais à des fêtes d'enfants dans mon personnage de clown. Un clown joyeux. N'est-ce pas le devoir d'un clown d'être joyeux et de répandre le bonheur autour de lui? Malgré cette grande vérité, tous savent aussi que les clowns sont parfois tristes. Mais c'est la honte s'ils partagent cette tristesse dans le rôle de clown. Ils se doivent d'être forts et de repousser cette tristesse au plus profond d'eux-mêmes. J'ai remisé mon habit, mes maquillages et autres instruments clownesques depuis longtemps. Il est cependant resté une part de ce personnage en moi comme un tatouage sur mon cœur. À chaque fois que je transformais mon visage pour lui donner l'apparence de mon drôle de personnage, une partie importante de moi se transformait aussi au fil de l'expérience. Je devenais vraiment un clown, tant de l'extérieur que de l'intérieur. De cette époque, je n'ai gardé qu'un accessoire, inspiré par un célèbre docteur-clown. Je garde toujours sur moi un nez en mousse rouge en guise de trousse de premiers soins pour l'âme. On ne sait jamais quand ça peut servir, mais il faut être prêt en cas d'urgence. Et urgence il y avait peut-être ici. Retournant à mon voisin de transport, je vois bien, de mon œil aiguisé, les « cicatrices » récentes de cet homme. Je distingue un petit restant de maquillage blanc de clown sous son oreille. Il reste un peu de rouge sous son œil droit. Ça ne ment pas. Sous son long manteau, on peut voir une petite partie de son costume. C'est un authentique clown qui vient de sortir de scène. Je suis certain qu'il a été brave, mais la triste réalité l'a rattrapée. Je sens, je ressens et comprends de plus en plus sa tristesse, même sans en connaître la cause exacte, car je suis déjà passé par là.

Comme il arrive à sa destination, il se lève difficilement, sous le poids de sa souffrance. Il s'avance et quand il se trouve près de moi, je sors ma trousse de premiers soins, je lui touche la main, et comme deux membres d'une société secrète, je lui dis simplement : « Ça va bien aller ». Il se raidit, le poids sur ses épaules semble plus léger, me regarde, d'un air surpris, voit mon nez et pendant quelques secondes nous ne faisons qu'un. Un fort courant électrique nous traverse et j'ai la plus belle des visions. Un large sourire d'une authenticité incroyable illumine son visage. Il me serre la main et me dit un simple « merci » du fond du cœur. Mission accomplie. Ma trousse de premiers soins retourne dans sa cachette. Je me sens divinement bien. Cet homme m'a fait grand bien.

Pas le temps de poursuivre ma découverte des autres passagers, ma destination est tout près. L'expérience se termine ici et ainsi.

Peut-être que je prendrai à nouveau ce moyen de transport. On ne sait jamais ce que l'on peut y découvrir de magique.

Octobre 2018

Fin

REMERCIEMENTS

Merci gentilles muses :

Manon
Micheline
Nicole C
Nicole L
Juliette
Kim

Merci messieurs inspirants :

Magloire
Antoine

Un merci spécial

Merci à Shirley pour ton aide, et surtout ta patience, pour tout ce temps passé à la lecture et l'aide à la correction finale de ces douces divagations.

Merci

Merci à Josée pour tes commentaires sur l'histoire de Tony.

Table des matières

Avertissement 7
UN SOURIRE EN CAVALE *(suite et fin)* 9
TONY LA PUCE AU CŒUR D'OR 21
LA PETITE FILLE QUI NE PLEURAIT (PRESQUE) JAMAIS... 37
LA PETITE FILLE QUI S'EST REMISE À PLEURER. 53
LA PETITE FILLE QUI NE PLEURERA PLUS 63
LA REVANCHE DE LA PAGE BLANCHE 67
LETTRE D'AMOUR Nº 3 OU LETTRE ANONYME 77
UNE INCONNUE SUR UNE PLAGE 83
UNE CURIEUSE VISITE 91
UN DRÔLE D'ANGE 97
UNE PETITE PRESCRIPTION 109
SI J'AVAIS À ÉCRIRE UNE CHANSON 115
PETITE HISTOIRE DE 2 par 4 121
L'ABRACADABRANTE HISTOIRE DE LUC 127
PETITE VISITE 139
LETTRE À MAGLOIRE 155
LETTRE À JULIETTE 159
DEUX PORTES 163
LA MAGICIENNE À LA BAGUETTE POILUE 169
UNE BANALE HISTOIRE DE TRANSPORT EN COMMUN 187
REMERCIEMENTS 193

Que réserve l'avenir?

Au moment d'acheminer ce livre à l'imprimeur, j'avais encore quelques nouvelles, fraîchement écrites, qui pourraient éventuellement faire partie d'un troisième volet de mes divagations.

L'avenir nous dira si mes amies, muses et inspiration, ont poursuivi leur route avec moi. Je me le souhaite, parce que leur présence est tellement réconfortante et enrichissante.